書下ろし

熟《う》れはだ開帳

睦月影郎

祥伝社文庫

目次

第一章　女体を求めて江戸の旅

一

(何だ、これは……、世の中には、こんなことが罷《まか》り通っているのか……)

矢十郎《やじゅうろう》は、江戸から来た行商人にもらった春本を見ながら目を見張っていた。

その本には、美女が男の一物を舐《な》め回し、艶《なま》めかしい陰戸《ほと》からは大量の淫水を溢《あふ》れさせているような春画も満載だった。

(ゆ、ゆばりを放つ場所を、女が舐めてくれるというのか……。いや、これは遊女に大枚をはたいて通い詰め、やっとの思いでしてもらえる、ほんの一握りの金持ちだけの話だろう……)

驚きつつも矢十郎は、春本を見ながら勃起した一物を狂おしく揉《も》みしだきはじめた。

何しろ、女の裸を見たこともなければ、春本を見るのも生まれて初めてのことだったのだ。

響《ひびき》矢十郎は十八歳、関八州《かんはっしゅう》の北にある皆川《みながわ》藩の下級武士。五男坊だが、長兄を除く四男まではみな他家へ養子に行き、矢十郎のみ部屋住みであった。

それが、江戸屋敷へ赴《おもむ》くことになったのである。

矢十郎は身の丈が六尺（約一八二センチ）近くある大兵《だいひょう》、藩校の道場でも剣の腕は随一《ずいいち》だった。

そのため若いながら一目置かれ、今般の江戸行きとなったのである。

矢十郎にしてみれば役職もないので、することといえば剣術修行と学問のみ、どちらも嫌いではないし恵まれた体軀《たいく》と好奇心旺盛《おうせい》な頭脳を持ち、ましてや昨今とみに湧き上がる淫気を紛らすため熱心に道場通いをしていたから、ごく自然に頭角を現わしてしまったのだ。

師範の推薦もあり、江戸で一年ばかり遊学をして戻れば、必ずや藩に必要とされる人物になると見込まれた。そうすれば、重臣の娘への養子先にも恵まれるかも知れず、彼の父や兄も大喜びだった。

文化七年（一八一〇）三月半ば、桜も散り、めっきり陽気も良くなった頃である。

そして出立も迫った今日、たまたま出入りしている行商人に、江戸のことなど聞いているうち、話のついでに春本をもらったのだった。何しろ大柄だから、淫気も人一倍旺盛で、手すさびを覚えてからは日に二度三度と放出しなければ気が済まなくなっていた。

しかし親しい女など居ようはずもなく、長兄の妻は痩《や》せぎすで口うるさく、とても淫気の対象にはならなかった。だから外で見かけた娘の顔や肢体を記憶し、寝しなに思い出しながら肉棒をしごくのが常だった。

（女のアソコは、一体どうなっているのだろう……）

その渇望は、今の矢十郎にとって最大の関心事であり、ややもすれば学問にも剣術にも身が入らなくなるほどであった。

しかし春画に描かれている陰戸は、魔物のように口を開いて舌を伸ばし、涎《よだれ》を垂らしているように見える。そして男の一物も、矢十郎自身のものより、数倍太く大きく描かれているのだ。

他の男のものが、こんなにも大きいはずはない。してみれば陰戸も、かなり誇張して描かれているのだろう。

そう思うと、なおさら本物の女体を見たくて堪《たま》らなかった。

（江戸へ行けば人も多いから、中には奇特な美女が居て、見せてくれることがあるか

も知れない)

矢十郎は、根拠のない期待を抱いた。

何しろ、藩から出る支度金を岡場所などに使うことも出来ないのだ。

もちろん江戸屋敷へ行けば、学問と剣術の両方に、今まで以上に熱心に取り組むつもりではいる。

せいぜい、国許より多くの女の顔が見られるだろうから、それで手すさびが充実する程度に過ぎないかも知れない。

それでも彼にとって、山間《やまあい》の藩を出て江戸へ行くのは大きな歓びであった。

「ああッ……!」

やがて春画を見ながら昇り詰め、矢十郎は快感に喘《あえ》ぎながら熱い精汁を勢いよく放ったのだった……。


——矢十郎は、皆川藩をあとにし、江戸へ向けて出立した。

ひたすら手すさびに使用した春本は、前夜の風呂の焚《た》き付けにしてしまった。やはり藩命で行く以上、そのようなものを荷物に忍ばせるわけにいかないし、隠しておいて見つかったら困る。

だから惜しいが、潔《いさぎよ》く焼いたのだ。まあ、全て記憶するほど何度も見て、脳裏に焼き付いているのだが。

とにかく矢十郎は、響家の期待を一身に受け、藩校の後輩にも盛大に見送られ、生まれて初めて領内から外へ出た。

藩から出た金と、親からの小遣い、藩校からの心付けを合わせ、懐には五両ばかりある。そして手甲脚絆《てっこうきゃはん》に、柄袋《つかぶくろ》をした大小、着替えの入った荷を背負い、あとは笠だけだった。

良く晴れて暖かく、矢十郎は目に眩《まぶ》しい菜の花を眺めながら峠道《とうげみち》を下り、日光街《にっこう》道に出て江戸に向かい南下していった。

途中二泊すれば、三日目には江戸に着くことだろう。

街道には、やはりたまに行き来している行商人や駕籠《かご》かきの姿があり、田畑や山々の景色も、領内と異なって新鮮に目に映った。

昼餉《ひるげ》は、兄嫁が持たせてくれた握り飯を道ばたで食い、茶屋で水を汲《く》んで、さらに歩き続けた。

しかし初めての旅だから、行商人から買った地図では、どこからどこの宿場が歩いてどれぐらいかという配分がうまくゆかず、健脚に任せて歩きすぎ、日が傾く頃には宿もない、ちょうど宿場と宿場の間ぐらいになってしまった。

来る途中に古寺があったが、引き返すのも業腹《ごうはら》なので、矢十郎は暗くならないうちに夜露《よつゆ》のしのげる場所を探しに、街道を外れて山道へと入っていった。

そこは人家も田畑もなく、寂しく深い山々が広がっているだけだった。

と、そのとき穏やかならぬざわめきが聞こえてきて、矢十郎は何事かと、声のする方へ向かい草を掻《か》き分けて進んだ。

すると、一人の女が三人ばかりの男たちに追い回されているではないか。

女は二十歳《はたち》ぐらいか、やはり旅支度で、男たちは屈強な山賊ふうである。

「どうした！」

矢十郎は駆け寄り、声を掛けた。

「ちい、人が来やがったか」

「でけえ野郎だ。だが一人だけだぞ」

山賊たちは矢十郎を見て言い、一人が女を木の幹まで追い詰め、二人が矢十郎を挟むように迫ってきた。

「おう、サンピン。刀を置いて有り金全部出せ。いや、着ているものもだ。そうすりゃ命だけは助けてやるぜ」

一人の首領株らしい男が言った。矢十郎ほどではないにしろ大柄で、熊のように毛深かった。

すでに、もう一人が女に剛刀を抜いて切っ先を突きつけていた。

「そうか、藩命で旅をしている以上、ここで命を落とすわけにはゆかぬ」

矢十郎は言い、大小を鞘《さや》ぐるみ抜いて草に置き、笠と荷を下ろし、くるくると前紐を解いて袴《はかま》を脱ぎ、帯を解いて着物も脱ぎ去ってしまった。

「へ……」

素直に下帯一枚になった矢十郎を見ると、三人の山賊は呆気《あっけ》に取られて顔を見合わせた。

「こいつあ話が早くていいや。置いた刀から離れてこっちへ来い」

男が言うと、これまた矢十郎は素直に従った。

すると、いきなり男が矢十郎に斬りかかってきた。成り行きを見守っていた女も、思わずビクリと肩をすくめた。

しかし矢十郎は軽く攻撃をかわし、大柄な割に敏捷《びんしょう》に回り込むなり、男の横っ面に思い切り拳骨《げんこつ》を叩きつけていた。

「むぐ……！」

男が呻《うめ》いてよろけると、さらに矢十郎は股間を蹴り上げ、ひとたまりもなく男は悶《もん》絶《ぜつ》した。

徒手空拳術《としゅくうけん》。下級武士ほど鈍刀《なまくらがたな》なので、戦場で折れる場合を想定し、手足を武器として使う技が発達していたのだ。特に矢十郎は長い手足を使い、剣術に匹敵するほどこの徒手空拳術が得意であった。

まして相手は正式な剣術を習っていない連中だし、女が人質に取られているので、意表を突くため丸腰になったのである。

「こ、こいつ……！」

もう一人が目を丸くしながら刀を振り上げた。しかし、それより早く矢十郎は踏み込み、その鼻っ柱に拳骨を見舞っていた。

「うがッ……！」

男は奇声を発し、鼻血を噴いてひとたまりもなく倒れた。

矢十郎は、攻撃しながらも巧《たく》みに残る一人に迫っていた。何とか、女を傷つけさせぬうちに始末しなければならない。

すると、残る一人がビクリと硬直したのだ。

見ると、男の注意が矢十郎に向いている間に彼女が懐剣を抜き、深々と脾腹《ひばら》に突き刺していたのである。

「こ、この女……」

男は苦悶しながら彼女に向き直り、刀を振り上げた。

いち早く迫った矢十郎が、男の首筋に手刀を叩きつけていた。

「ウッ……！」

男は呻いて昏倒《こんとう》し、女も懐剣を引き抜いて尻餅《しりもち》を突いた。

二

「大丈夫ですか」

「は、はい……」

問いかけると、彼女も震《ふる》えながら頷《うなず》いた。怪我もないようなので安心し、矢十郎は荷に戻って手早く身繕《みづくろ》いした。

「ウッ……！」

という声に振り返ると、何と彼女が、悶絶している三人の心の臓を貫《つらぬ》き、とどめを刺しているではないか。

「なぜ……、しばらくは伸びて動けないものを」

矢十郎が驚いて言うと、

「生かしておけば、必ずまた人に迷惑をかけます。半端な情けは良くありません」

と、彼女も声を震わせている割に、ためらいなく三人とも絶命させていた。

そして三人の懐中から、金を取り出していた。

「それに、人を殺《あや》める稽古をしておきたかったのです。金も、路銀が少ないし死人が持っていても仕方がありませんので」

彼女は言い訳のように言い、むろん矢十郎も、深い事情がありそうなので止めはしなかった。

そして眉《まゆ》の濃い、彼女の凜《りん》とした美貌に胸を熱くした。領内で、これほどの美女には会ったことがなかったのだ。

「お礼が遅れました。お助けいただき有難《ありがと》うございます」

「いえ」

「そこの山小屋へ泊まろうとしたところ、いきなり襲われました」

なるほど、彼女が指す方を見ると、麓《ふもと》に山小屋があった。木こりなどが休憩したり急な雨風をしのぐために作られたもののようだ。

「では、そこへ行きましょう。私は皆川藩士、響矢十郎」

「山尾《やまお》藩、風早菜美《かざはやなみ》と申します」

山小屋に向かいながら互いに名乗り、矢十郎はこの美女と同じ小屋で一夜を過ごせるという期待に股間が熱くなってきてしまった。

もちろん何がなくても良いし、無理矢理する気もないが、ただ彼女の寝顔を見て、寝息を嗅ぎながら一物がしごければ今までで最高の快感が得られるだろうと思ったのだった。

そう、まだ情交のなんたるかも知らない彼にとっては、手すさびの快感が全てであり、たとえ生身が居ようとも、触れることよりどのように自分でするかということが真っ先に思い浮かんでしまうのである。

やがて小屋に入ると、土間に薪《たきぎ》があり、一段高い床に囲炉裏《いろり》と筵《むしろ》があった。

すぐにも菜美が火を熾《おこ》したので、矢十郎などより旅慣れた感じであった。あるいは今まで、宿になど泊まっていなかったのかも知れないが、白い首筋も着物も清潔そうだった。

やがて火が熾り、室内がぼうっと明るくなった。そして女の匂いも、ほんのりと籠《こ》もりはじめたように感じられた。

それにしても、生まれて初めて身内以外の女と言葉を交わし、その夜に小屋で一夜を過ごすことになるとは夢にも思わず、矢十郎は旅に出て本当に良かったと思ったのだった。

矢十郎は大小を置き、茶店で買った握り飯と竹筒の水を出した。菜美も、斜《なな》めに背負っていた荷を解き、干《ほ》し飯《いい》を出した。

「どうぞ、こちらを。それは私が頂きますので」

言うと、菜美も悪びれず握り飯を受け取った。

まだ頬《ほお》を強《こわ》ばらせ、小刻みに震えているのは、寒いのではなく、おそらく生まれて初めて人を殺めたからだろう。

「ときに、人を殺める稽古とは？」

簡単な夕餉《ゆうげ》を終え、水を飲んで落ち着くと、矢十郎は気になっていたことを訊いてみた。

「敵《かたき》を討《う》つ旅なのです……」

菜美が言い、矢十郎もやはり、と思った。

話を聞くと、菜美は十九歳。山尾の藩士と祝言《しゅうげん》を挙げ、その数日後に夫が闇討ちに遭ったらしい。下手人は、剣術自慢の大森久吾《おおもりきゅうご》。三十歳の浪人で、藩に立ち寄ったとき気に入られ、道場の食客《しょっかく》になり、菜美に懸想《けそう》していたようだ。

むろん正式な立ち合いではなく、夜陰に乗じて夫を殺害、そして菜美を攫《さら》って逃げる腹だったようだが、菜美が必死に逃げて人を呼んだため、久吾は断念して姿をくらましたらしい。

以前から久吾は、江戸の道場で腕試しをしたいと言っていたので、おそらく江戸に行ったのだろうと、菜美は仇討《あだう》ちの旅に出たのだ。

それも、自発的なものではなく、舅《しゅうと》や姑《しゅうとめ》、小姑など夫の親族一同から、追い出されるように仇討ちを命じられたらしい。それは、菜美に身寄りがなく、やはり浪人の子であったからのようだ。

まして山尾藩は、皆川藩より北の山間にあって豊かではなく、体《てい》よく口減らしにされたようだった。

そして菜美の夫も先妻の子で、我を通して菜美を嫁にしたことで風当たりも強く、他のものが仇討ちに名乗り出ないほど一族の中では疎《うと》んじられていたらしい。

それでも、菜美が首尾良く久吾を討って戻れば、烈女賢婦《れつじよけんぷ》として相応の待遇をされることだろう。

そして彼女は僅《わず》かな金を渡されて藩を出て、旅をして五日目ということだった。

「先祖代々の土地でなく、身寄りもなければ、無理に敵を討って帰ることもないのでは？　まして剣の達者では、そうそう簡単に討てるとも思えません」

「他に、行くところなどないのです……」

「江戸へ行けば、働き口ぐらいあるでしょう」

「いいえ、亡き父も常に武士らしく、という生き様を貫き、私にもそれを望んでおりました」

「そうですか……」

矢十郎は答え、自分も武士の一人ながら、厄介なものだなと思った。

まあ、仕官を望む浪人だからなおさら、武士の生き様にこだわった亡父だったのだろう。そして菜美もその遺志を汲み、まして親族の反対を押し切ってまで自分を迎えてくれた亡夫への思いもあるようだった。

他に何も持っていない菜美にとって、仇討ちという悲願だけが、今の自分の支えなのかも知れない。

「江戸まで、ご一緒していただけませんか。あのようなことがまたあると思うと不安です。決して足手まといにはなりませんので」

菜美も、矢十郎の江戸行きの事情を聞いて言った。

「承知しました。とにかく今宵《こよい》は休みましょう」

「はい、では……」

言うと菜美も頷き、土間を降りていったん外に出た。

（用足しか……）

矢十郎は思い、股間を熱くしながら囲炉裏の火に当たっていた。さすがに日が落ちると冷えてきた。

ほどなく菜美が戻ると、入れ替わりに矢十郎も外に出て小用を済ませた。すっかり日が落ち、微《かす》かに西空が明るさを残しているものの、山影は漆黒で、中天には星が瞬《またた》いていた。

（使った紙はないのか。それとも拭かなかったのか……）

矢十郎は草むらを見回したが、菜美が用を足した痕《あと》や紙などは見つからなかった。

勃起しかけたまま小屋に戻ると、すでに菜美は襦袢《じゆばん》と腰巻だけの姿になり、脱いだ着物を掛け、敷いた筵に横になるところだった。

しかし矢十郎は、また夜盗などが来ないとも限らないので、着物は脱がず、羽織だけ掛けて横たわった。明日には、何とか二人で旅籠《はたご》に泊まれるだろうから、今宵だけの辛抱だ。

相当に疲れていたらしく、すぐにも菜美は寝息を立てはじめた。それに矢十郎が居るという安心感もあるかも知れない。

しかし矢十郎は、なかなか寝付けなかった。

もともと頑丈だから初めての旅の疲れもないし、何しろ美しい菜美の存在が気になるのだ。

「ウウ……」

と、軽やかに繰り返されていた寝息が乱れ、菜美が魘《うな》されはじめた。

やはり疲れ以上に、山賊とはいえ三人もの人を殺めたことが重く心身にのしかかっているのだろう。

そっと囲炉裏の火にかざして見ると、相当に菜美は汗ばんでいた。

矢十郎はむっくり起き上がり、そろそろと彼女に迫った。そして手拭いで、菜美の額《ひたい》に滲《にじ》んだ脂汗をそっと拭いてやった。

立ち昇る熱気が何とも生ぬるく甘ったるい匂いがして、もう射精しなければ治まらないほど矢十郎は勃起し、淫気が高まってしまった。

もちろん昨夜まで、日に二度三度と毎日抜いてきたのだから、今宵も出さなければ眠れないだろう。

矢十郎は、触れてはならぬと思いつつ、そっと屈《かが》み込んで菜美に顔を寄せた。

長い睫毛《まつげ》が伏せられ、形良い鼻と、僅かに開いた口から熱い息遣いが洩れていた。紅も塗っていないだろうに、ほんのり赤い唇の間からは白く滑らかな歯並びが覗いていた。

口から洩れる息を嗅ぐと、熱気や湿り気とともに、果実のように甘酸っぱい匂いが濃厚に感じられ、悩ましく鼻腔が刺激された。

もう我慢できない。矢十郎は袴の中に手を差し入れ、菜美の匂いを嗅ぎながら一物をしごきはじめてしまった。

三

「ああ……」

菜美が、さらに声を上げて喘《あえ》いだ。生温かな吐息を顔中に受け、矢十郎は胸の奥まで溶けてしまいそうなかぐわしさに、右手の動きを速めた。

息ばかりでなく、汗ばんだ首筋や胸元からは、濃厚に甘ったるい体臭もユラユラと立ち昇ってきた。

清らかに見えるが、やはりこの数日、僅かに川で身体を流すぐらいしかしていないのだろう。それに今日は山賊に追い回され、相当に汗ばんでいるようだ。

相当に恐ろしく、また人を殺めた衝撃もかなり負担になっているのだろう。

矢十郎は興奮の片隅で、菜美を気の毒に思った。

しかし、それは矢十郎の目算違いであった。

菜美は寝苦しそうに魘されながらも、それは苦痛ばかりではなかったのだ。

いつしか彼女は掛けている着物を乱し、腰巻をめくって手を股間に這わせていたのである。

(お、女でも、自分で慰めることがあるのか……)

矢十郎は驚き、股間を覗き込むように顔を傾けた。

彼女は僅かに両膝を立てて開き、めくり上げた腰巻から僅かに陰戸を覗かせ、しきりに指の腹でこすっていた。

それは、春画で見たオサネの辺りらしい。やはり春本に書かれていたように、オサネが最も感じるようだ。

自分で慰めていても、それは眠りながらの無意識の行動だ。意思を無視して触れたことが知れれば、それは女を拐《かどわ》かして犯す山賊と変わりなくなってしまう。

見るだけなら良いだろうと思っても、指が邪魔だし、立てた膝も囲炉裏の火がつくる影でよく見えない。

それでも、何となく濡《ぬ》れているのは分かるし、春画ほど大きな割れ目でないことも見て取れて、矢十郎は長年の夢が少し叶えられたことに感動した。

菜美も、所帯を持って夫と情交を繰り返し、そろそろ痛みも取れ快楽が芽生えたかという矢先の不幸だったのだろう。目覚めた快感は、こうして眠っているときには抑制も利かず解放されるのかも知れない。

指の動きは、やはり慣れているのか滑らかで規則正しく、クチュクチュと湿った音も聞こえはじめ、それに合わせて菜美の息遣いが交錯した。

さらに菜美は眠りながらも、もう片方の手で胸元をはだけ、柔らかそうな乳房を揉みしだき、ツンと硬くなった桜色の乳首もつまんで動かしはじめた。

（な、舐めたい……）

矢十郎は熱烈に思った。

乳首でも陰戸でも、どこでも良いから女に触れてみたかった。

しかし、いかに寝入りばなとはいえ、感じる部分に触れたら目を覚ましてしまうだろう。

（足なら……）

矢十郎は思い、彼女の足の裏に顔を移動させ、近々と迫った。顔から最も遠いところなら、気づかれることもないだろうと思ったのだ。

足裏にそっと舌先で触れてみた。

何しろ菜美は陰戸と乳首の快感に夢中だから、特に気づかれた様子もなく、反応もなかった。

指の間に鼻を押しつけて嗅ぐと、汗と脂に湿り、蒸れた匂いが濃く感じられ、その刺激が一気に一物に伝わってきた。

さらに爪先《つまさき》に舌を這わせ、ほのかな味を堪能した。

（い、いきそう……）

矢十郎は絶頂を迫らせて思った。何しろ、生まれて初めて女に触れたのが、足の裏というのも興奮した。

ここは、もう昇り詰めた方が良いだろう。彼女も息が弾み、快感の高まりとともにいつ目覚めてもおかしくない状態だ。まして矢十郎の興奮が長引けば、もっと大きな狼藉《ろうぜき》と失態を招きそうな気がする。

お互いのため、静かに終えるのが良いだろう。

それなら彼は、足よりも、やはり美しい顔を間近に見ながら果てたかった。

再びそろそろと移動し、添い寝するように横たわり、喘いでいる菜美の顔に近づいた。そして一物を激しくしごきながら、凜然と整った顔立ちや胸元からはみ出した乳房を見つめ、甘酸っぱい息を嗅ぎながら絶頂を迎えてしまった。

「く……！」

矢十郎は突き上がる快感に呻き、熱い精汁を勢いよくほとばしらせた。

これほど大きな快感は初めてだ。触れていないが、やはり女とは素晴らしいものだと思った。

「アアッ……！」

すると、まるで彼の絶頂が伝わったかのように、菜美もひときわ大きな喘ぎ声を洩らし、身を反らせてヒクヒクと痙攣《けいれん》した。

やがて彼は最後の一滴まで出し尽くし、激情が過ぎると、荒い呼吸を繰り返してグッタリと横たわった。

そして懐紙で濡れた指と一物、下帯を拭き清めると、囲炉裏に投げ込んでから袴を整えた。そして菜美の着物も身体に掛け直してやってから、囲炉裏を挟んだ反対側に戻って寝ることにした。

幸い、菜美は一度も目を開けることなく、そのまま徐々に平静な寝息へと戻っていった。やがて余韻《よいん》に浸っていた矢十郎も、明日のため、何とか無理して眠りに就いていった……。

――翌朝は二人とも、遠くの山寺から聞こえてくる七つ（午前四時頃）の鐘の音で目を覚ました。

「おはようございます。申し訳ありませんが、少しの間あちらを向いていて下さいませ」

菜美が言い、矢十郎が寝返りを打って背を向けると、身繕う気配がした。

「はい、もう結構です」

着物を整えた彼女が言うと、矢十郎も身を起こした。

すると彼女はまた小屋を出て用を足し、少しして戻ってきた。朝餉《あさげ》はないが、街道まで歩くうちに、近くの茶屋も開くことだろう。

「よく眠れましたか？　寒くはなかったですか」

「はい、おかげさまで安心して眠りました」

矢十郎が訊くと、菜美は自分を慰めたことすら気づいていないように笑みを含んで答えた。

やがて矢十郎も用を足し、東の空が明るんでくる頃に二人して身支度を整えると小屋を出た。

山賊の死骸を迂回するようにして街道に出たが、しばらく歩いても茶屋がなく閉口した。しかし、菜美もなかなかの健脚だった。

結局、飯にありついたのは四つ（午前十時頃）で、朝昼兼用となってしまった。

江戸に近づくにつれ、人家が多くなり、旅人と行き交うことも頻繁になってきた。もう寂しい山間を通ることもなく、どの宿場も活気に満ちていた。

そして利根川《とねがわ》を渡り、二人で栗橋《くりはし》の関所を通過し、日が傾く頃に粕壁《かすかべ》の宿に着き、ようやく旅籠に入ることが出来た。

入り口で女中に足を洗ってもらいながら、これで菜美の足の匂いは消えてしまったが自分は覚えている、と矢十郎は密かに思って股間を疼《うず》かせてしまった。

別々の部屋を頼んだが、混んでいるらしく二人で一つの部屋に泊まることになった。

「旅籠など初めてです……」

二階の部屋に通されると、菜美が言った。

彼女は山賊から奪った金を持っているが、矢十郎は奮発して二人分払ってやるつもりだった。何しろ自分は藩邸に行けば食えるが、彼女の旅は江戸に着いて終わりではないのだ。

「今宵はゆっくり布団で休むといいです」

矢十郎は言い、先に階下へ降りて風呂を使った。風呂場が一つしかないので、女客は男客が済んでからのようだ。

身体を流し、下帯を洗濯し、ゆっくり湯に浸かった。そして上がり、部屋に戻ると夕餉の仕度が調《ととの》っていた。

菜美も、宿の浴衣《ゆかた》に身を包んでいた。さすがに苦労が多かっただけに、せめて今宵はゆっくりしようと、緊張を解いているようだった。

矢十郎は下帯を部屋の隅に干し、やがて二人は差し向かいで食事をした。

飯に吸い物、干物に漬け物、煮付けが少々だ。しかし矢十郎は味などろくに分からないほど、胸が高鳴ってしまった。

何しろ、女と二人での食事など生まれて初めてだ。しかし、僅かな間ながらも所帯を持っていた菜美は、実に安定した物腰で悠々と食事を終えた。

終えると空膳を下げに来た女中が、床を敷き延べていった。

まだ湯殿は空かないようだ。

「そのうち空いたと知らせに来るでしょう。それまで少しでも横になっておくと良いです」

「ええ、では……」

言うと、菜美も素直に横になった。

しかし彼女は眠らず、じっと矢十郎の方を見つめていた。

四

「何か……？」

矢十郎は、菜美の視線が眩《まぶ》しく、面映《おもは》ゆくなって言った。

「昨夜、眠りながらたいそう心地よい思いをしました……」

「え……？　いや、私は何も……」

言われて、矢十郎はたいそう狼狽《うろた》えながら答えた。

すると、菜美がクスリと笑った。

「存じております。私は、自分でしてしまうのです。はしたないと思っても、眠って、いる間は抑えが利きません」

「…………」

「矢十郎さんは、まだ無垢《むく》なのですね？」

菜美に言われ、矢十郎はどきりと胸を高鳴らせた。何やら、室内の空気が一変して淫靡《いんび》な雰囲気が漂《ただよ》いはじめたような気がした。

「構いません。助けていただいたのですから、どうかお好きなように……」

「え……？　それでは、私は山賊と同じになってしまいますので……」

彼は緊張と興奮に、声をかすれさせて答えた。

「それは違います、断じて。矢十郎さんなら、私は嫌ではありませんので」

菜美の言葉に、矢十郎は言いようのない幸福感に満たされ、思わず彼女の方へにじり寄っていった。

「さあ、どうぞ。本当は、湯上がりにと思ったのですが、まだかかるようですので、それでよろしければ」

菜美は言い、もう矢十郎が拒《こば》むことはあり得ないと確信したように、腰巻を脱ぎ去り、仰向けになって襦袢の前を開いてくれた。

白く形良い乳房が息づき、内に籠もっていた熱気が甘ったるい汗の匂いを含んでユラリと立ち昇ってきた。

きめ細かな肌は透けるように白く、股間の翳《かげ》りも楚々《そそ》として艶めかしかった。

矢十郎は、生身の全裸を見ただけで、危うく漏らしてしまいそうなほどの興奮を覚えた。

菜美は目を閉じ、じっと身を投げ出していた。

あとは、彼の方から積極的に行動するだけである。

矢十郎も手早く浴衣を脱いで全裸になると、恐る恐る添い寝し、甘えるように腕枕してもらいながら白い膨《ふく》らみに顔を迫らせていった。

そっと乳首を含み、柔らかく張りのある膨らみに顔を押しつけると、何とも心地よい感触が伝わってきた。

「あぁッ……！」

ちろりと乳首を舐めると、菜美がビクッと反応して声を洩らした。

矢十郎はコリコリと硬くなっている乳首を舌で転がしてから、もう片方にも移動して含んだ。

次第に彼女の肌がうねうねと波打ち、息遣いが荒くなってきた。

やはり眠りながら自慰をしてしまうほど、相当な欲求を抱え込んでいるのだろう。

両の乳首を交互に舐め、膨らみの感触も顔中に味わってから、矢十郎は息を弾ませて菜美の腋《わき》の下に顔を埋め込んだ。

和毛《にこげ》に鼻をこすりつけると、胸の奥が溶けてしまいそうに甘ったるい体臭が濃厚に鼻腔を刺激してきた。

「あん……、汗臭いでしょう……」

あまりに彼が犬のように鼻を鳴らして嗅ぐので、菜美も羞恥《しゅうち》に身をくねらせながら言った。

矢十郎は美女の汗の匂いで胸を満たしながら、そろそろと乳房をいじり、さらに滑らかな肌を撫《な》で回し、ムッチリとした内腿《うちもも》にも触れていった。

徐々に股間へとたどってゆくと、柔らかな茂みと、ヌルッとした熱い蜜汁に潤《うるお》う割れ目に触れた。

しかし手探りだと、どこが陰唇かオサネか、あまりにヌルヌルしてよく分からなかった。

「アア……、どうか、お入れ下さいませ……」

菜美が声を上ずらせて言った。

矢十郎も、腋から顔を離し、身を起こしながら言った。

「お願いがあります……」

「何でしょうか」

「陰戸がどのようなものか、見たいのです……」

矢十郎が言うと、菜美は驚いたようにビクリと身を強ばらせた。

「そ、そのようなところ、殿方がご覧になるものではありません」

「どうにも、どのようになっているのか知りたいのです……」

「女の股座《またぐら》に顔を突っ込むなど、武士のすることではありませんよ」

一歳しか違わないが、さすがに後家だけあり、菜美は姉のようにたしなめた。

「春本では、みな普通に覗き込んでおります」

「それは、町人のことでしょう。武士は致しません」

菜美が頑《かたく》なに言った。普通、少し乳を吸い、陰戸をいじれば挿入という段取りのようだった。また、だからこそ菜美も、まだ入浴前だというのに情交を許してくれたのである。

それではあまりに呆気なく物足りない。

「どうか、今宵かぎりのこととして、願いをきいて下さい」

矢十郎は返事も待たずに移動して彼女の股間に陣取り、腹這いになって両膝の間に顔を割り込ませてしまった。

「ああッ……、は、恥ずかしい……、いけません……」

菜美が声を震わせ、しきりに脚を閉じようとしたが、矢十郎が滑らかな内腿に舌を這わせると、ビクリと動きを止めてくれた。

中心部に鼻先を寄せると、夢にまで見た憧れの陰戸がそこにあった。

ほんのひとつまみほどの恥毛が、ぷっくりとした股間の丘に茂り、丸みを帯びた割れ目からは桃色の花びらがはみ出していた。全体はヌメヌメと蜜汁に潤い、内腿に挟まれた股間には熱気と湿り気が籠もっていた。

そっと指で陰唇を左右に広げると、

「あう……！」

触れられた菜美が息を呑んで呻き、ヒクヒクと下腹を震わせた。

中も綺麗な桃色の柔肉で、細かな襞《ひだ》の入り組む膣口が白っぽい粘液を滲ませて息づいていた。オサネは小指の先ほどの大きさで突き立ち、まるで男の亀頭のような形で光沢を放っていた。

ぽつんとした尿口らしき小穴も確認でき、全体はやはり春画のような大きなものではなく、可憐で美しい印象だった。

もう我慢できず、矢十郎は彼女の股間にギュッと顔を埋め込んだ。

「あッ……、何をなさいます……、アアッ……！」

ヌラリと舐められ、また菜美は喘ぎながら硬直し、ギュッときつく内腿で彼の顔を締め付けてきた。

柔らかな恥毛に鼻をこすりつけると、隅々には腋の下に似た甘ったるい汗の匂いが濃厚に籠もり、それにほのかなゆばりの刺激も入り交じり、何とも悩ましい芳香が満ちていた。

矢十郎は感激しながらクンクンと鼻を鳴らして嗅ぎ、割れ目を舐め回した。

陰唇の内側に舌を差し入れると、ヌルッとした潤いが迎えてくれ、淡い酸味を伝えてきた。

これが淫水の味なのだろう。

矢十郎は興奮の片隅で観察を続け、舌先で収縮する膣口の襞をクチュクチュと掻き回し、柔肉をたどってコリッとしたオサネまで舐め上げていった。

「あうう……、堪忍《かんにん》……」

菜美は顔をのけぞらせたまま全身を強ばらせ、朦朧《もうろう》となりながら声を洩らした。

矢十郎はもがく腰を抱え込み、春本に書かれていたとおり、最も感じるオサネに舌先を集中させた。

実際昨夜は、菜美自身がここだけをいじって気を遣《や》ったのだ。

そしてオサネを舐めながら、彼は指先で膣口を探り、これから入れさせてもらう穴がどのようなものか差し入れてみた。

中は熱く濡れ、心地よさそうな襞が蠢《うごめ》き、指が吸われるようにキュッと締め付けられた。

それでもヌメリが豊富なので、彼は小刻みに内壁をこすりながらオサネを舐め、時にチュッと吸うと、菜美が激しく悶えた。

「駄目、いく……、アアーッ……！」

彼女は喘ぎ、身を弓なりに反らせてガクガクと狂おしい痙攣を起こした。同時に、粗相したかと思えるほど大量の淫水を漏らし、膣内を収縮させたのだ。

矢十郎は、女の絶頂の凄まじさを目の当たりにし、溢れるヌメリをすすった。

そして彼女がグッタリとなり、舐めても反応しなくなると、そろそろと股間から這い出した。

すると菜美は力なく横向きになり、股間を庇《かば》うように身体を丸めてしまった。

矢十郎は、彼女が正体を失くしている間に、そっと足裏を舐め、爪先をしゃぶってみた。

しかし洗った後なので、蒸れた匂いはそれほど感じられなかった。

彼はさらに、横向きに突き出された白く丸い尻に顔を寄せ、そっと指で谷間を開き奥にひっそり閉じられている桃色の蕾《つぼみ》に鼻を埋め込んだ。

顔中にひんやりした双丘が密着し、秘めやかな微香が悩ましく鼻腔の奥を刺激してきた。

舌先でくすぐるようにチロチロ舐めると、細かな襞が磯巾着《いそぎんちゃく》のように可憐に収縮した。充分に濡らしてから、舌先を潜《もぐ》り込ませてみると、ヌルッとした滑らかな粘膜に触れた。

「く……」

菜美が小さく呻き、彼の舌先をキュッと肛門で締め付けてきた。

そして彼女は尻を庇うように、再び仰向けになってきた。矢十郎は身を割り込ませて一物を構え、急角度にそそり立っている幹を指で押さえて下向きにさせ、濡れた陰戸にぎこちなく押しつけていった。

しばし要領が分からず戸惑《とまど》ったが、やがて息も絶えだえになっている菜美が僅かに腰を浮かせ、角度を合わせてくれた。

するど一物は、まるで落とし穴にでも嵌《は》まり込んだように、ヌルヌルッと一気に根元まで吸い込まれていったのだった。

五

「アアッ……、すごいわ……」

深々と貫かれると、菜美が顔をのけぞらせて喘いだ。

矢十郎は股間を密着させたまま動かず、女体の温もりと感触を噛《か》み締めた。

とうとう女と一つになったのだという感激が、快感とともに全身を満たした。

「脚を伸ばして、重なって……」

菜美が息を詰めて囁《ささや》き、矢十郎もそろそろと脚を伸ばし、身を重ねていった。

胸の下で乳房が柔らかく押しつぶれ、恥毛もこすれ合い、コリコリする恥骨の膨らみも感じられた。

肩に手を回すと、あまりに彼が大柄なので、傍《はた》から見たら菜美の身体はスッポリと隠れてしまうほどだろう。

菜美も下から両手を回してしがみつき、モグモグと味わうように膣内を締め付けてきた。

「突いて……、強く奥まで……」

菜美が囁き、矢十郎もぎこちなく腰を突き動かしはじめた。

何とも心地よい柔襞の摩擦が幹をこすり、溢れる淫水で次第に律動が滑らかになっていった。やがて動きに合わせて、ピチャクチャと淫《みだ》らに湿った摩擦音まで聞こえてきた。

「アア……、奥まで響く……、大きいわ……、死にそう……」

菜美が熱く喘ぎ、大柄な矢十郎を撥《は》ね上げるように腰を上下させてきた。

指と舌で気を遣ったばかりなのに、やはり女というものは、情交される方が感じるのだろう。

まして夫が死んでからは、ひたすら指でのみ行なってきたので、こうして一体になるのは久々で、また格別なようだった。

矢十郎も次第に動きに慣れ、互いの突き上げが一致するようになると、急激に快感が高まってきた。

そして屈み込み、菜美のかぐわしい息を嗅ぎながら舌をからめると、もう堪らず、あっという間に大きな絶頂を迎えてしまった。

「ク……!」

突き上がる快感に呻き、彼はありったけの熱い精汁をドクドクと勢いよく柔肉の奥にほとばしらせた。

「ああ……、熱いわ、もっと出して……」

菜美も噴出を感じ取りながら声を上ずらせ、再び狂おしい痙攣を開始した。

実際は、夫を相手にしていた頃はこのような言葉は発しなかったのだろうが、今は武家の妻女という立場も忘れ、快楽に正直になっているようだ。

矢十郎は、心地よく収縮する内部に、心置きなく最後の一滴まで出し尽くし、すっかり満足しながら徐々に動きを弱めていった。

そして美女の甘酸っぱい息を間近に嗅ぎながら、うっとりと快感の余韻に浸り込んでいった。

「アア……」

菜美も満足げに声を洩らし、全身の強ばりを解いて四肢の力を抜いていった。

しかし膣内の収縮はまだ続き、刺激された亀頭がぴくんと内部で跳ね上がって天井をこすった。

「あう……、どうか、もう暴れないで下さいませ……」

菜美が、降参するように言ってキュッと締め付けた。やはり気を遣った直後というのは、女も全身が射精したばかりの亀頭のように過敏になり、刺激がうるさく感じられるのかも知れない。

矢十郎は呼吸を整え、そろそろと股間を引き離して横になっていった。

すると菜美がすぐに身を起こし、懐紙で優しく一物を包み込んで拭ってくれた。

相手が居るというのは、空しく精汁の始末をしなくて済むのだ。それが何より嬉しく幸せだった。

菜美は自分の陰戸も手早く処理し、あらためて肉棒を見下ろした。

「大きいわ。まだ立っている……。こんなふうに見るの、初めてです……」

菜美が呟くように言った。おそらく夫とは暗い中で行ない、彼女は一方的な受け身だったから、見たこともなかったのだろう。

彼女は物珍しげに一物をいじり、ふぐりの方にまで指を這わせてきた。何度も気を遣り、しかも舐めてもらうという衝撃の体験もしたものだから、触れることにも遠慮がなくなっているのだろう。

「ああ……」

矢十郎は、いじられながら喘ぎ、満足げに萎えていた一物もすっかり元の大きさと硬さに戻ってしまった。人の指というのは、動きの予想も付かず、何とももどかしげな快感があった。

「まだ、出したいのですか」

「ええ……」

「でも、また入れると私は立てなくなってしまいます。指で構いませんか」

「はい、どうかお願いします……」

言うと、菜美は指の動きを強め、さらに両手の平で挟み、錐揉《きりも》みするように手探りの愛撫をあれこれ試してくれた。

「これで強くありませんか？　出るときに言って下さいね」

菜美が優しく言い、矢十郎は快感に身を委ねた。しかも、美女の熱い視線を受けているだけでも、溶けてしまいそうな快感に包まれた。

「先ほど、私の足の指やお尻の穴まで舐め回しましたね。なんて方でしょう」

また菜美が、姉のような口調で言って愛撫を続けた。

「済みません。春本に書かれていたもので……」

「そのようなもの、武士は見るものではありませんよ。でも、他にはどのようなことが？　たとえば、女がすることは」

「お、お口で吸い出し、精汁を飲むようなことも……」

「まあ……！」

菜美は驚いて声を洩らし、指の動きを止めた。

そして何と、恐る恐る屈み込み、鈴口から滲む粘液をちろりと舐めてくれたのだ。

「あう……、い、いけません、そのような……」

矢十郎は、激しい快感に声を上げた。

「やはり、指より心地よいのですね。私もそうでした。では、今宵かぎりのことですから、私もして差し上げます」

菜美は言い、再びチロチロと先端を舐め、青筋立った幹をたどり、ふぐりにも舌を這わせてくれた。

「アアッ……！」

舌で睾丸を転がされ、矢十郎は激しく喘いだ。

彼女は再び舌先でペローリと裏筋を舐め上げ、今度は丸く開いた口でスッポリと亀頭を含み、喉の奥まで呑み込んできたのだ。

温かな口の中で、清らかな唾液にまみれた舌がからみつくように蠢き、熱い鼻息が恥毛をそよがせた。

さらに彼女は頬をすぼめて吸い付き、濡れた口で心地よい摩擦を繰り返してくれたのである。

もう限界だった。矢十郎は、美女のかぐわしい口に全身をくるまれ、生温かな唾液にまみれて舌で転がされているような快感の中、二度目の絶頂に全身を貫かれてしまった。

「あうう……!」

快感に身悶えて呻き、熱い精汁をドクンドクンと美女の喉の奥に向けて噴出させてしまった。

「ク……、ンン……」

直撃を受け止めながら菜美が小さく鼻を鳴らし、さらに舌鼓でも打つように口腔を締め付けて吸い取ってくれた。

「アア……」

矢十郎は魂まで吸い出されるような快感に喘ぎ、全て出し尽くしてしまった。

すると菜美は亀頭を含んだまま、口に溜まった精汁をゴクリと飲み込んでくれたのだ。嚥下《えんか》されるたび、口腔がキュッと締まって駄目押しの快感が得られ、矢十郎は股間を浮かせて快感を噛み締めた。

菜美も、ようやく全て飲み干すと、チュパッと口を離して溜息をついた。

さらに幹をしごくように握り、鈴口から滲む雫《しずく》まで、丁寧に舐め取ってくれた。

「う……」

矢十郎は過敏に反応し、腰をよじって呻いた。

「味はあまりないです。これが人の種なのですね……」

やがて顔を上げた菜美はヌラリと舌なめずりして言い、唾液に濡れた一物をもう一度丁寧に拭ってくれたのだった……。

第二章　女武芸者の濡《ぬ》れた花弁

一

「では、参りましょうか」

矢十郎は言い、菜美も竹杖を突いて一緒に旅籠《はたご》を出た。

久々に布団で寝て風呂にも入り、彼女もすっかり疲れが取れたようで、しかも肉体も満足したせいか表情は明るかった。

それでも、これからの過酷な旅を思うのだろうか、ふとした拍子に顔が曇ることもある。

それは矢十郎と分かち合った快楽が、武家の妻女としての生き様を揺るがしはじめているのかも知れない。もとより山尾藩に親しい人は居ないし、帰ったところで幸せな暮らしが待っているわけではないのだ。

それを感じ、矢十郎も折を見て仇討《あだう》ちなど止《や》めるよう言うつもりだった。

宿で朝餉《あさげ》を済ませ、明け六つ（日の出少し前頃）に発つと、日が昇りはじめ、吹く風も爽やかだった。

矢十郎は、何しろ念願の女体を味わい、情交を体験した悦《よろこ》びに胸が弾んでいた。やがて越谷《こしがや》の宿を越え、草加《そうか》で昼餉。さらに南下し、千住《せんじゅ》を越えると日が傾く頃には日本橋《にほんばし》に着いた。

さすがに人が多いと聞いていたが、その風景は想像を遥かに超えていた。

多くの老若男女が、まるで祭りの日のように賑《にぎ》わって行き来し、その間を天秤棒を担いだ物売りが縫うように行き交っている。

大きな店が軒を連ね、幟《のぼり》の立ち並んだ芝居小屋も見える。火の見櫓《やぐら》があちこちに立ち、遠くには富士の山も夕日の中に霞んでいた。

「すごいな。これは……」

矢十郎が呟《つぶや》くと、隣で菜美も目を見張っていた。

「江戸へ来たら、どうするつもりだったのですか？」

「まず、口入れ屋に行って長屋でも借りようかと」

菜美が答えた。なるほど、そこを拠点とし、内職でもしながら大森久吾の行方を捜すつもりなのだろう。

「では、その口入れ屋を探すとしましょう」

「藩邸へお急ぎでは？」

「まだ良いでしょう。私の方は、人に訊けばすぐ行き着けますので」

矢十郎が促して歩き出そうとすると、いきなり菜美が屈み込み、そのままうずくまってしまったのだ。

「うわ、どうしました……」

矢十郎は驚いてしゃがみ、青ざめている菜美の顔を覗き込んだ。

「癪《しゃく》ですか？　困ったな、今の今まで元気だったのに」

彼は途方に暮れ、苦悶している菜美の背をさすることしか出来なかった。

人は多いが、みな早足で、道端にしゃがみ込んでいる二人のことなど一顧《いっこ》だにしなかった。

しかし、一人だけ声をかけてきたものがいた。

「どうした。病か？」

声に見上げると、縫腋《ほうえき》を着た医者らしい五十ちょっとの男が薬箱を抱え、心配そうに菜美を見ていた。

「あ、助かります。診て下さい」

矢十郎は立ち上がり、辞儀をして言った。

「大きな男だの。この人の亭主か？」

「い、いえ、道連れです」

「そうか、まあいい」

医者はしゃがみ込んで菜美の顔色を見て、腰に手を当てて二言三言何か訊き、菜美も小さく答えていた。

「これは血の道だな。男には分からん。ただ安静にするしかない。うちへ運ぼう。お前さんの名は？　わしは結城玄庵《ゆうきげんあん》」

「皆川藩士、響矢十郎と申します。この人は山尾藩から来た風早菜美さん」

「うん、じゃ背負え」

玄庵に言われ、矢十郎は少しためらったが、すぐ菜美の前にしゃがみ込んだ。玄庵が手助けし、すぐ菜美を背負わせてくれた。

立ち上がり、玄庵に従って歩きはじめたが、大男の矢十郎が美女を背負っているので、道行く人たちがみな好奇の眼差《まなざ》しを向けてきた。

だから矢十郎は、つい早足になってしまった。

「おいおい、そんなに急ぐな。恥ずかしいか」

「はい、少々……」

「だが我慢しろ。女には優しくせにゃならん」

「はい」

言われて、矢十郎はこの気さくな医師に好感を持った。

「今日、江戸へ来たのかね」

「はい、今さっき着いたばかりです」

「そうか。皆川藩邸はすぐそこだ。覚えておけ」

「有難うございます」

歩きながら、玄庵の指す方を見て矢十郎は見当を付けた。国許とは比べものにならないほど建物と道が入り組んでいるが、割に物覚えが良い方で、方角もすぐに把握することが出来た。

「江戸へは何をしに？」

「遊学です。主に剣術を修行し、見聞を広めてから国へ帰ろうかと」

「そうか、その人は？」

「途中で行き合い道連れになりました。口入れ屋を探し、長屋を借りようかということです」

「ふむ、うちで働いてくれれば助かる。今みな出払い、国許の小田浜《おだはま》へ帰ってしまっているのだ」

玄庵が、何とも好都合なことを言ってくれた。

菜美は背で聞いているのかいないのか、熱く荒い呼吸を弾ませ、彼の背に胸の膨らみを押しつけていた。腰には、恥骨のコリコリまで感じられ、矢十郎は顔に血が昇ってしまった。

話を聞くと、玄庵は町医者のようなこともしているが、実際は小田浜藩の御殿医《ごてんい》ということだった。

「あの、血の道とは？」

「女は月に一度、障《さわ》りを起こすのだ。病とは違うが、人によると重く苦しい場合もある。特に長旅で心身の波が乱れると、急に起こることもある」

してみると、ずっと気を張っていたのが、江戸に着いた途端身体の機能がそちらに向いてしまったのかも知れない。あるいは矢十郎とした、久々の情交も切《き》っ掛《か》けの一つかも知れなかった。

「ここは何というところですか」

「神田《かんだ》の外れだ。ああ、そこの路地を入ったところだ」

玄庵が言い、日本橋から四半刻（約三十分）ほど歩いたところで彼の家に着いたようだ。

門から入ると、割に大きな家で、離れもあるようだ。

中に入ると玄庵が床を敷き延べ、菜美を寝かせるように言った。さらに彼は矢十郎に、水汲みをさせ、彼女の手甲脚絆を解いて着物を脱がせ、こき使いながら診察をした。

矢十郎は、見惚《みと》れる余裕もなく全裸にさせた菜美の汗ばんだ全身を拭いてやり、玄庵は晒《さら》しで手際よく股間の処理をした。

そして薬を飲ませると、やがて菜美は呼吸も多少穏やかになって眠り込んだ。

「ああ、これでいい。一日二日で普通に戻るだろう」

「有難うございました。では、私は藩邸へ行きます」

「心配なら、明日にでも様子を見に来るといい」

「承知しました。よろしくお願い致します」

「ああ、もう何も心配いらない。わしも、お前さんのように若くないからな、手を出すようなことはせんよ。これから働いてもらうのだからな」

玄庵は人を食った笑みで言い、矢十郎も安心して任せ、辞儀をして立ち去った。

来た道を引き返したが、日が暮れてだいぶ暗くなってきた。さすがに人通りもまばらになり、さっき聞いた皆川藩邸を探し当てたときには、暮れ六つの鐘が鳴ったときだった。

「お頼み致します」

門を叩くと、間もなく通用口から門番が出てきた。

「何用でござる」

門番は、矢十郎の背丈に目を丸くし、国家老からの書状を見た。

「皆川から参りました。響矢十郎にございます」

「ああ、承《うけたまわ》ってござる。どうぞ中へ。あ、頭にお気を付けて」

屈んで通用門から入る矢十郎を気遣いながら通してくれ、玄関から中へ取り次いでくれた。

別の武士が出てきて案内してくれ、暫時《ざんじ》部屋で待ってから、江戸家老に呼ばれ、目通りをした。

殿様は、今は国許だから、江戸家老だけへの挨拶《あいさつ》で良い。

「遠路ご苦労。今宵はゆるりと休むと良い」

家老に言われ、また別の家臣に侍長屋へと案内された。

さすがに国許の陣屋敷ほど広くはないが、立派な建物で矢十郎まで誇らしい気分になった。

そして六畳二間の侍長屋に入り、旅の荷を解いた。もう暗いから、他の家臣への挨拶は明日で良いだろう。

やがて呼ばれ、厨《くりや》で夕餉を済ませ、湯殿を使わせてもらった矢十郎は、また部屋に戻って床を敷き延べ、寝巻に着替えて横になった。

江戸へ来て最初の晩である。菜美を思って手すさびしたかったが、さすがに疲れもあったか、間もなく深い眠りに就いてしまった。

二

「やあ、もう大丈夫なのですか」

翌日、矢十郎が玄庵の家を訪ねると、もう菜美は手拭いをかぶり、襷《たすき》をして部屋の掃除をしていた。

「お世話になりました。朝には良くなっておりましたので」

「そうですか。それは良かった」

「何から何まで、有難うございました」

「いえ、では長屋を探すこともなく、しばらくここでお世話になるのですね」

矢十郎が言うと、そのとき玄庵が厠《かわや》から出てきた。

「おお、見たとおりだ。ここで働いてもらう。それより、剣術の修行と言っていたが、これからわしの知っている道場を覗いてみるか」

「ご案内いただけますか」

「ああ、そこへ往診に行くのでな」

「では、お供させて下さいませ」

言うと、すぐに玄庵は仕度を終えて出てきたので、矢十郎は菜美に辞儀をし、薬箱を持って一緒に門から出た。

今朝は、矢十郎は藩邸で朝餉を済ませると、他の重臣に目通りをし、家臣たちにも一通り挨拶を済ませた。あとは、しばらく勝手に江戸を見て回れば良いということだったので出てきたのだ。

「そんなに立派な体格をしているのだから、もう強くならんでも良かろうに」

「はあ、でも武士の表芸ですので」

「まあ、そうだな。だが他のこともいろいろ何でもしてみると良い」

「他のこととは」

「第一に色事だ」

歩きながら玄庵は言い、矢十郎はどきりと胸を高鳴らせた。

「あはは、すでに菜美さんとしてしまったろう」

矢十郎の反応を見て、玄庵が笑って言った。

「あ、あの人が言ったのですか」

「それそれ、少しかまをかけただけで白状しおる。もっと裏芸を磨くべきだな」

言われて矢十郎は赤面した。

「今朝、いろいろ話を聞いた。仇討ちのことをな」

「そうですか。何とか、先生からも止めるよう説得していただけないでしょうか」

「むろん、そのつもりだ。ふむ、武家の生き様よりも命が大事というなら、おぬしも少しは見込みがあるかな」

玄庵は言い、間もなく撃剣の音が聞こえてきた。

「あそこだ。先にわしから紹介しておいてやろう。師範は病に伏せっているが、師範代は相当に使うぞ。わしと同じ小田浜藩士だが」

彼は言って道場に入り、続いて矢十郎も一礼した。

なかなか良い道場だが、門弟は少なく、全部で十人足らずだった。江戸は剣術以外に様々な遊芸があるのか、あまり流行っていないのかも知れない。門弟たちも、みな色白で細腕のものばかりに見えた。

玄庵が矢十郎を紹介してくれ、すぐに彼は奥へ引っ込んでいった。おそらく師範を診てから、また他へ往診に回るのだろう。

「どうぞ」

「皆川藩士、響矢十郎と申します。昨日江戸へ来たばかりです。どうか一手ご指南くださいませ」

細面の門弟に言われ、矢十郎も答えて入った。そして一同に挨拶してから道場の隅に大小を置き、股立ちを取った。

みな稽古の手を休め、大柄な矢十郎を好奇の目で見ていた。

「では、私がお相手します。師範代の鷹山《たかやま》先生は間もなく来られますが、私は塾頭の細川《ほそかわ》と申します」

門弟が言い、袋竹刀《ふくろしない》を渡してきた。

礼を交わし、双方青眼《せいがん》に構えて対峙《たいじ》した。他の門弟たちも壁を背に並んで端座し、固唾《かたず》を飲んで見守っていた。

「いざ」

矢十郎は言って間合いを詰めた。相手も、矢十郎の体格から動きは鈍いだろうと見て様子を探る構えを見せた。

しかし、その瞬間、矢十郎が素早く踏み込んで面を打っていたのだ。

「う……」

脳天を打たれた細川は、短く呻《うめ》くなり昏倒《こんとう》してしまった。

「あ、失礼しました。打ちが強かったですね」

矢十郎は慌てて駆け寄り、完全に失神している細川を抱き起こし、隅へ運んでやった。他の門弟も急いで道場を出て、水を汲み手拭いを浸《ひた》して戻ってきた。

「どうか、もう一手」

矢十郎は他の門弟を見回したが、誰も立ち上がろうとせず顔を伏せてしまった。

彼のあまりの強さと速さに恐れをなしたのだろう。もとより、道場の面目だとか、剣に命を賭けているものはおらず、表芸の一つとして仕方なく稽古に通っているのかも知れない。

「では私がお相手を」

と、そのとき凜とした声が響き、一人の男が入ってきた。門弟たちも、一様にほっとした表情を浮かべたので、これが師範代なのだろう。

「お願いします」

矢十郎は言ったが、すぐに違和感を覚えた。

大小を置き、襷を掛けて股立ちを取りながら道場の中央に進んだのは、長い髪をひっつめて束ねた女ではないか。

しかし身の丈は、矢十郎ほどではないにしろ五尺七寸（一七二センチ強）ばかりもある長身だ。歳は、二十三か四だろう。

「師範代、鷹山淳《じゅん》と申します」

「響矢十郎です。では」

名乗りを上げると、双方礼を交わして袋竹刀を構えた。

なるほど、女とはいえ師範代ともなると迫力が段違いだった。

（それにしても、美しい……）

矢十郎は、正面から切れ長の目で睨《にら》む淳の顔に見惚れた。女らしい菜美とはまた異質の、凛然とした美だ。濃い眉が吊り上がり、すらりと通った鼻筋に、形良い唇が引き締まっている。

裁着袴《たっつけばかま》の男装だが、その腰の丸みは隠しようもない。胸は、おそらく晒しをきつく巻いているのだろう。

実に、江戸はいろいろな人がいるものだと思い、矢十郎は思わず股間を疼《うず》かせた。

それを隙と見たか、いきなり淳が飛び込んできた。

「エイ！」

裂帛《れっぱく》の気合いを発して面を取りに来たが、すでに矢十郎は回り込んで攻撃をかわしていた。

「く……」

空を切りながら呻き、淳は返す刀で胴へと得物を振るってきた。

それも間一髪でかわしたが、矢十郎は一切攻撃しなかった。むしろ、鼻を撫でる風に含まれる、美女の汗の匂いを楽しんでいるのだ。

淳は次第に息を切らしたが、遮二無二《しゃにむに》連続攻撃を仕掛け、空を切るたび憤然と彼を睨み付けた。

そしてとうとう癇癪《かんしゃく》を起こしたように、得物を下ろして怒鳴った。

「なぶるか。私が疲れ果てるのを待つ前に、いくらでも打ちかかれよう！」

「いや、女の方を叩く気はしません」

「おのれ！」

淳は叫ぶなり、渾身の力で再び得物を振るった。

すると、今度は見事に、淳の袋竹刀は矢十郎の左肩を打っていたのだ。

「参りました」

矢十郎は顔をしかめもせず静かに言い、一礼して壁に袋竹刀を戻した。

そして大小を帯びると、もう一度正面に礼をして道場を出た。

（いやあ、美しい……）

甘美な肩の痛みを感じながら、彼は歩き出した。

「お待ちを！」

すると、大小を帯びながら淳が後ろから駆け足で追ってきた。

「自分から負ければ終わると思ったのですか」

「いいえ、良い稽古をさせていただきました。礼を申し上げます」

「女とは真っ当に戦えぬと言うのか」

「どうか、もうご勘弁を」

矢十郎は言ったが、淳は執拗《しつよう》についてきた。

「私は、自分より強いものに好きにされたい」

「え……？」

淳の、突拍子もない物言いに、矢十郎も思わず聞き返した。

見ると、もう淳の闘志は消え失せ、矢十郎と別れがたく、縋《すが》るような眼差《まなざ》しになっていることに気づいた。

「男のような女を抱くのはお嫌ですか」

「そ、そんな、いきなり……」

「嫌でなければ、そこへ入りましょう」

淳は先を歩き、やがて一軒の店に入っていった。

何事かと、矢十郎も後から従うと、初老の仲居が出てきて、二人を二階の隅の部屋に通してくれた。

どうやら、ここは待合といって、男女の密通の場所らしかった。

三

「私は、昨年縁談で小田浜に帰りました。しかし、会った男は私の背丈に恐れをなし遠回しに断わってきました。私の方こそ、淫気の弱そうな男はお断わりだったのですが」

淳が訥々《とつとつ》と語った。

それよりも矢十郎は、二つ枕の床と、枕元に置かれた桜紙の艶めかしさに、気もそぞろになってしまった。本当に、この男装の美女が抱けるのかと思うと、胸がときめいて話などどうでも良いと思った。

しかし、淳は話を続けた。自分を知ってもらい、その上で懇《ねんご》ろになりたいのかも知れない。

「それで先般江戸へ舞い戻り、もう縁談などするものかと思い、いっそう稽古に励むようになったのです」

「そうですか。お話は分かりました」

「まだ終わっていません。私は、すでに一人の男を知っております。年下の町人で、今は所帯を持っております」

「そうなのですか……」

もう無垢ではないということで、またそれを淡々と告白する淳の話にも矢十郎は驚いた。

淳は、町人と情痴の限りを尽くし、すっかり快楽の虜《とりこ》になっていたことを正直に述べた。（小社刊「よろめき指南」参照）

「しかし、いかに剣術に熱を入れようとも、一度覚えた快楽は忘れようもなく、私は自分にふさわしい人を探していました。矢十郎さんは、まだ無垢でしょうか」

「え、ええ……」

淳に見つめられ、彼は嘘をついた。無垢といった方が彼女が喜ぶ気がしたし、何から何まで教えてくれるような気がしたからだ。それに正直に言うのは、菜美の名誉に関わることだ。

「そう、良かった……。無垢ならば淫気も好奇心も人一倍ありましょう。所帯を持とうなどとは申しません。互いの淫気をぶつけ合う、それのみでよろしければ」

淳が、とんでもないことを口にしたが、それは矢十郎にとっては願ってもないことだった。

すでに矢十郎は、痛いほど股間が突っ張っていた。

「お願いがあります。武家にふさわしからぬ行為を試してみたいのですが、叶えてくれましょうか」

矢十郎は、興奮に任せ、羞恥を堪《こら》えて口に出した。

「武家らしからぬ？　それはどのような……」

「陰戸《ほと》というものを、つぶさに見てみたいのですが構いませんか」

矢十郎が頬を染めて言うと、淳も羞じらいを見せて俯《うつむ》いた。

「も、もちろん、どのようにでも。剣術は私の負けですので、どうか勝ったものがお好きなように……」

言われて、矢十郎は激しい興奮に見舞われた。

「では、脱ぎましょう」

彼は立ち上がって言い、自分から袴の前紐を解いた。

すぐに淳も、部屋の隅に大小を置いて袴を脱ぎはじめてくれた。

さすがに、自分から待合に誘っただけあり、話を終えたとなると、その行動はためらいがなかった。

矢十郎は、背を向けて着物を脱いでゆく淳を見つめながら、先に全裸になってしまい、布団に潜り込んで待った。

やがて淳も、着物と襦袢《じゅばん》を脱ぎ去り、胸から腹に巻いた晒しも全て解き放ち、一糸まとわぬ姿になって彼の隣に滑り込んできた。

矢十郎は大柄なくせに、いきなり甘えるように彼女に腕枕してもらい、ほんのり汗ばんだ肌に密着した。

「ああ……」

淳も、熱く喘ぎながらきつく彼の顔を胸に抱きすくめてきた。

おそらく久々の男なのだろう。しかも、町人との情交に耽《ふけ》っていたとなると、単なる武士の後家である菜美とは、体験の濃さが違うようだ。

間近に迫る乳房を見ると、晒しできつく巻いた痕が艶めかしくクッキリと残っているが、案外に形良い膨らみをしていた。

二十四歳ということだが、乳首も乳輪も初々しい桜色をしていた。

そして胸元や腋からは何とも甘ったるい汗の匂いが濃厚に漂い、それに淳の熱く湿り気ある吐息が、ほのかな花粉のような甘い刺激を含んで、悩ましく彼の鼻腔をくすぐってきた。

「さあ、どのようにでもして下さいませ……」

抱きついてじっとしている矢十郎に淳が囁《ささや》くと、彼も腋の下に顔を埋め込み、腋毛に鼻をこすりつけて美女の体臭で胸を満たした。

そしてそろそろと乳房に手を這わせると、柔らかさの中にも張りが感じられ、乳首はコリコリと硬く突き立っていた。

彼は顔を移動させ、チュッと乳首に吸い付きながら、もう片方を指で弄《もてあそ》んだ。

「アア……」

淳が顔をのけぞらせ、うっとりと喘いだ。

矢十郎は舌で転がし、顔中を膨らみに押しつけて感触を味わい、美女の体臭を貪《むさぼ》りながら次第にのしかかっていった。

もう片方も含み、舐め回して吸い、首筋を舐め上げて唇を重ねた。

「ンン……」

淳が熱く鼻を鳴らし、甘い息を弾ませながら自分からぬるりと舌を潜り込ませてきた。矢十郎は滑らかに蠢《うごめ》く舌を味わい、生温かな唾液のヌメリを貪った。

頑丈そうにきっしり並んだ歯並びを舐め、舌をからめ、男装美女の唾液と吐息を心ゆくまで堪能すると、また矢十郎は肌を舐め下りはじめた。

腹は引き締まって筋肉が段々になり、彼は臍《へそ》を舐めてから張り詰めた下腹、腰から太腿へと舌でたどっていった。

太腿も引き締まり、まるで荒縄をよじり合わせたような筋肉が逞《たくま》しかった。

矢十郎は脚を舐め下り、体毛のある脛《すね》をたどり、足首まで下りていった。

足裏は、さすがに毎日道場の床を力強く踏みしめているだけあり、大きく頑丈そうだった。

彼が足首を浮かせ、足裏を舐めると、淳も少し驚いたようにビクリと身じろいだが拒みはしなかった。

矢十郎は、本当に何をしても淳がされるがままになってくれているので嬉しくなり、硬い踵《かかと》から柔らかな土踏まずを舐め回し、しっかりした指の間にも鼻を割り込ませていった。

そこは汗と脂にじっとりと湿り、蒸れた匂いが濃厚に籠もっていた。

彼は美女の匂いを貪り、爪先にしゃぶり付き、順々にヌルッと指の股に舌を割り込ませていった。

「あう……！」

淳が呻き、彼の口の中で唾液にまみれた爪先を縮こめた。

矢十郎は両足とも貪り、味と匂いが薄れるまで堪能してから、やがて彼女の脚の内側を舐め上げ、腹這いになって股間に顔を進めていった。

そして白く張りのある内腿を舐めてから、中心部に目を凝らした。

恥毛は黒々と艶《つや》があり、情熱的に濃く密集していた。

割れ目からは僅かに興奮に色づいた花びらがはみ出し、ネットリとした蜜汁に潤っていた。

「ああ……、初めてなら、もっとよく見て……、奥まで……」

何と、淳が声を上ずらせて言い、自ら股間に手を当て、両の人差し指でぐいっと陰唇を全開にしてくれたのである。

矢十郎は、艶めかしい柔肉の眺め以上に、興奮に我を忘れた淳の行為に激しく胸を高鳴らせた。あるいはこのように、無垢な町人に教え込み、さんざん弄んだのかも知れなかった。

中はヌメヌメと潤う柔肉で、やはり菜美のように、膣口には花弁状の細かな襞《ひだ》が息づいていた。そして今日は昼間で明るいため、障子《しょうじ》越しに射す光で余すところなく観察できた。

ポツンとした尿口の小穴もはっきり確認でき、菜美より大きめのオサネは包皮を押し上げるようにツンと勃起し、ますます男の亀頭を小さくしたような形なのだなと実感した。

「アア……」

淳は、彼の熱い視線と息を股間に感じているだけで喘ぎ、トロトロと熱い蜜汁を溢れさせてきた。矢十郎は股間に籠もる熱気と湿り気を顔中に受け、もう我慢できず顔を埋め込んでしまった。

柔らかな茂みに鼻をこすりつけて嗅ぐと、やはり汗とゆばりの混じった匂いが濃厚に鼻腔を刺激し、悩ましく一物に伝わっていった。

舌を這わせると、淡い酸味のヌラつきが感じられ、彼は息づく膣口を掻き回すように舐め、ゆっくりと味わいながら大きめのオサネまで舐め上げていった。

四

「アアッ……！　き、気持ちいいッ……！」

淳が、ビクッと顔をのけぞらせて口走り、内腿でキュッときつく矢十郎の顔を締め付けてきた。

舐めても菜美ほど驚かないのは、やはり淳はその町人に舐めさせていたのだろう。

矢十郎は嬉々として舌を這わせ、ヌメリをすすった。そして菜美以上に武家らしい淳が喘ぐ様子を見上げ、結局武家も町人も心地よいことは同じであり、武家は結局瘦《や》せ我慢しているだけなのだと実感した。

彼は上の歯で包皮を剝《む》き、完全に露出した突起を吸い、舌先で弾くように舐め上げ続けた。

「あうう……、それ、いい……」

淳がヒクヒクと下腹を波打たせて言い、舐めながら見上げると、彼女は自ら両の乳房を揉みしだき、指で乳首をつまんで動かしていた。

さすがに男っぽい部分があるためか、自身の欲望と快楽にも正直なようだ。

さらに矢十郎は彼女の脚を浮かせ、形良く引き締まった尻の谷間にも顔を埋め込んでいった。

「そこも、舐めてくれるの……？」

淳が、すっかり女らしい声音になり、息を弾ませて言った。

嫌がるかと思ったが、驚いたことに彼女は自ら浮かせた脚を両手で抱え、尻を突き出してくれたのだ。

してみると、この行為も町人としていたのだろう。ならば矢十郎の多くの願望は、みな誰もがしていることのようだった。

とにかく、彼は両の親指でムッチリと双丘を広げ、キュッと閉じられた可憐な蕾に鼻を押しつけていった。やはり菜美と同じように秘めやかな微香が籠もり、顔中に密着する尻の丸みが何とも心地よかった。

矢十郎は美女の匂いを貪り、舌先でチロチロと蕾を舐め回し、襞の舌触りを味わった。そして充分に濡らしてからヌルッと潜り込ませ、滑らかな粘膜も堪能し、出し入れさせるように蠢かせた。

「ああ……、いい気持ち……」

淳は潜り込んだ舌先をモグモグと肛門で締め付けながら喘ぎ、彼の鼻先にある陰戸から新たな蜜汁を湧き出させた。

矢十郎は舌を引き抜き、淫水を舐め取りながら彼女の脚を下ろし、再びオサネに吸い付いていった。

「も、もういい……」

淳が言うなり、彼を股間から追い出して身を起こしてきた。気を遣《や》りそうになり、早々と果てるのを惜しんだようだ。

入れ替わりに矢十郎が仰向けになると、淳は覆いかぶさるようにして、彼の乳首に吸い付いてきた。熱い息で肌をくすぐり、舌を這い回らせ、さらにキュッキュッと軽く歯を当ててきたのだ。

「く……！」

矢十郎は甘美な痛み混じりの快感に呻き、男でも驚くほど乳首が感じることを知ったのだった。

淳は彼の両の乳首を濃厚に愛撫してから、さらに肌を舐め下り、やがて大股開きにさせると真ん中に陣取り、股間に熱い息を籠もらせてきた。

彼女は先にふぐりを舐め回し、二つの睾丸を転がし、袋全体を生温かな唾液にまみれさせてから、中央の縫い目を舐め上げ、肉棒の裏側をツーッと舌先でたどってきた。

そして鈴口をチロチロと舐め、滲む粘液を味わってから、スッポリと喉の奥まで呑み込んできた。

「アアッ……」

矢十郎は快感に喘ぎ、根元まで深々と含まれながら幹を震わせた。

さすがに菜美よりもためらいがなく、上気した頬をすぼめてチュッチュッと吸い付き、熱い鼻息で恥毛をくすぐってきた。

温かく濡れた内部ではクチュクチュと舌が蠢き、たちまち一物全体は美女の唾液にどっぷりと浸り込んだ。

さらに彼女は顔を小刻みに上下させ、すぽすぽと濡れた口で強烈な摩擦を行なってきたのだ。

「い、いきそう……」

矢十郎が必死に奥歯を噛み締め、降参するように言うと、すぐに淳もすぽんと口を引き離してくれた。

「いい？　私が上からで……」

淳は言いながら、自らの唾液にまみれた肉棒に跨《また》がり、先端を濡れた陰戸に押し当てた。

矢十郎が期待して待つと、彼女も位置を定め、息を詰めてゆっくりと味わいながら腰を沈み込ませてきた。たちまち一物は、ヌルヌルッと滑らかな肉襞の摩擦を受けながら深々と呑み込まれていった。

「アアッ……、いい……、奥まで当たる……」

完全に受け入れて座り込んだ淳が、密着した股間をグリグリと動かしながら、顔を上向けて喘いだ。

矢十郎も、熱く濡れた肉壺に締め付けられ、暴発を堪えて息を詰めていた。

やがて彼女は、上体を起こしていられなくなったように身を重ね、彼の肩に腕を回してきた。

彼も両手を回して下からしがみつき、僅かに両膝を立てると、陰戸のみならず太腿と尻の感触まで伝わってきた。

「なんて、気持ちいい……」

淳が、近々と彼に顔を寄せ、熱い眼差しで見下ろしながら囁いた。

矢十郎は甘い息を求めて顔を上げると、彼女も上からぴったりと唇を重ね、舌をからめてきた。

淳が下向きのため、舌を伝ってトロトロと生温かな唾液が注がれてきた。

彼はネットリとした小泡混じりの粘液を味わい、心地よく喉を潤した。

「もっと唾を……」

口を触れ合わせたままませがむと、淳もことさらに大量の唾液をクチュッと垂らしてくれ、腰を動かしはじめた。

矢十郎は美女の唾液に酔いしれ、さらにかぐわしい息を求め、淳の口に鼻を押しつけた。湿り気ある花粉臭の息と、ほのかに甘酸っぱい唾液の匂いが鼻腔を刺激し、いつしか彼もズンズンと股間を突き上げはじめていた。

「アア……、いいわ、もっと突いて、強く奥まで……」

淳が甘い息を弾ませて喘ぎ、突き上げに合わせて腰の動きを激しくさせていった。

溢れる淫水が律動を滑らかにさせ、クチュクチュと淫らに湿った摩擦音も聞こえ、彼のふぐりから内腿まで濡らしてきた。

「い、いく……、ああッ……！」

とうとう我慢できず、矢十郎は口走りながら昇り詰めてしまった。

大きな快感が全身を貫き、熱い大量の精汁がドクンドクンと勢いよく柔肉の奥にほとばしった。

「ああ……、もっと出して、いい気持ち……、アアーッ……！」

噴出を感じた途端、淳も同時に気を遣り、声を震わせて喘いだ。そしてガクンガクンと狂おしく全身を痙攣させ、膣内の収縮も最高潮に達した。

矢十郎は心地よく締まる柔肉の中に、心置きなく最後の一滴まで出し尽くし、満足しながら徐々に突き上げを弱めていった。

「ああ……、良かった……」

淳も全身の硬直を解きながら、満足げに声を洩らしてグッタリと力を抜いてもたれかかってきた。

膣内は、まだ名残惜しげにキュッキュッと締まり、刺激されるたび彼自身がぴくんと内部で跳ね上がった。

矢十郎は肛門を引き締め、何度か幹を震わせた。

そして彼女の温もりと重みを感じ、かぐわしい息を間近に嗅ぎながら、うっとりと快感の余韻を嚙み締めたのだった。

「どう？　女を知って……」

淳が、近々と顔を寄せ、彼の目を覗き込みながら囁いた。

「感激です……」

「そう、最初から全部舐めてくれるなんて嬉しいわ……」

「舐めるのは、普通のことですよね……？」

「もちろん、したいことを我慢することはないわ」

彼女が言い、矢十郎は嬉しさに胸がいっぱいになった。

「でも、剣術は私の負けだけれど、色事は私の勝ちだわ」

淳が言う。何をもって勝ちとするのか分からないが、あるいは先に果てた方が負けなのかも知れない。

「ええ、どうかこれからも、いろいろ教えて下さい」

「そうね、私も夢中になりそう……」

淳は答え、最後にきつくキュッと締め付けてから、やがてそろそろと身を起こし、股間を引き離していった。

そして桜紙で手早く陰戸を拭い、一物も包み込むようにして丁寧に拭き清めてくれた。矢十郎はまた、自分で後始末しなくて済む幸福を噛み締め、心地よい刺激に一物を過敏に反応させるのだった。

五

「玄庵先生は?」

「小田浜藩の上屋敷の方へ行っています。お帰りは夕刻とのことです」

淳と別れ、蕎麦屋で昼餉を終えてからの帰り道、矢十郎がまた玄庵の家に寄ってみると、菜美が一人で布団を取り込みながら答えた。

「そうですか。うん、顔色も良いようだし、もう大丈夫ですね」

矢十郎は言い、縁側に腰掛けた。

「敵のことだけれど、私も気になるので、何か目立つ印になるようなものはないですか?」

彼が聞くと、菜美も傍らに座った。

「矢十郎さんほどではないけれど背が高く、痩せて目の細い人です。総髪に髪を垂らし、歳は三十で、紋所は丸に二《ふた》つ巴《どもえ》」

菜美が言い、矢十郎は記憶した。

「分かりました。あちこちの道場へ行くので、それとなく聞いてみましょう」

「有難うございます」

菜美が礼を言い、話が済むと、急に矢十郎は淫気を催してしまった。

淳との情交も素晴らしかったが、やはり菜美は自分にとって最初の女という執着がある。

それに、少し経てば前の射精などなかったことのように、旺盛な淫気が湧き上がってしまうのだ。

「どうなさいました？」

矢十郎がモジモジしているので、菜美が気づいて言った。

「その、立ってしまいました……」

「まあ……、困った方ですね……。でも私は、月の障《さわ》りで今は出来ませんので、せめてお口でなら……」

菜美の言葉に、矢十郎は顔を輝かせた。

「本当ですか！　……いや、でも恩人の家で勝手にというのも……」

「いいえ、玄庵先生は、離れは私に貸したものなので、誰を連れ込もうと勝手にしろと、冗談めかして仰《おつしや》っていました」

「なんて話の分かる先生だ」

矢十郎は言いながら縁側から上がり込み、菜美と一緒に離れへ移動した。

そこにも、取り込んだばかりの布団があったので手早く広げ、彼は気が急く思いで袴を脱ぎ去った。そして下帯を解き放ち、裾をからげて、陽の匂いと温もりを含んだ布団に横たわった。

菜美は脱がずそのまま、仰向けになった彼の傍らに座った。

「まあ、本当にこんなに立って……、では……」

彼女は屹立《きつりつ》した肉棒を見て言い、やんわりと握ってきた。そして屈み込もうとするのを、矢十郎が押しとどめた。

「ま、待って、せめて先に口吸いを……」

言うと、菜美は一物を握ったまま添い寝してくれ、唇を重ねてくれた。

矢十郎も、うっとりと美女の唇の感触と、甘酸っぱい口の匂いを嗅ぎながら最大限に勃起していった。

ねっとりと舌をからめ、彼は菜美の唾液と吐息を心ゆくまで吸収し、じわじわと高まっていった。

「ンン……」

菜美も熱く鼻を鳴らし、彼の舌に吸い付きながら幹をしごいてくれた。

自分でするほど巧《たく》みではないが、ほんのり汗ばんで生温かく柔らかな手のひらと、ぎこちない指の動きがまた実に心地よかった。

やがて口を離し、矢十郎は襟元《えりもと》から漂う甘ったるい体臭にも酔いしれた。

「ねえ、足の裏を舐めたい……」

矢十郎は、甘えるように言った。

「なりません。矢十郎さんのような立派な武士が、そのようなこと……」

菜美が首を振り、たしなめるように答えた。

「ではせめてお尻の穴を……」

「怒りますよ！」

「ああ……、もっと叱って下さい。頰を叩いてもいい……」

矢十郎は、美しい姉に叱られているような気分で息を弾ませ、彼女の手のひらの中でヒクヒクと一物を脈打たせた。

「さあ、大人しくなさいませ。全部飲んで差し上げますからね」

菜美は言い、自分の言葉に興奮を高めたように頰を染め、熱く息を弾ませた。

そして彼の股間に移動して屈み込み、熱い息を籠もらせながら亀頭にしゃぶり付いてくれた。

「アア……」

矢十郎は快感にうっとりと喘ぎ、菜美も温かく濡れた口に深々と彼自身を呑み込んでいった。

昼前には、淳の陰戸に入った一物なのである。それをしゃぶってもらうのは、背徳の快感があった。女の匂いが残っていないか心配になったが、菜美は気づかないように舌をからませてきた。

彼女は頰をすぼめて吸い付き、チロチロと舌を蠢かせ、鈴口から亀頭全体を満遍《まんべん》なく舐め回してくれた。

矢十郎自身は、美女の清らかな唾液にまみれながら最大限に膨張し、急激に絶頂を迫らせてきた。

菜美の愛撫も、初回のようなためらいやぎこちなさがなく、大胆に吸い付き、執拗に舌を動かしてくれた。まるで口が陰戸と化し、彼女自身も快感を高めているかのようだった。

溢れた唾液が幹を伝い、ふぐりまでネットリと濡らし、彼女が顔全体を上下させると、濡れた口が何とも強烈な摩擦をしてくれた。動きに合わせてクチュクチュと淫らに吸い付く音が響き、熱い鼻息が恥毛をくすぐった。

恐る恐る股間を見ると、若く美しい後家が無心に肉棒を頬張り、その表情や唇の形が実に艶めかしかった。

と、彼女もしゃぶりながら目を上げ、矢十郎の表情を見上げてきた。

視線が合うと彼は恥ずかしくて目を閉じ、感触と音に専念した。

たまに歯が当たるのも甘美な刺激となり、やがて矢十郎は我慢しきれなくなり、とうとう思い切り絶頂を迎えてしまった。

「い、いく……、アアッ……！」

突き上がる大きな快感に口走り、彼はありったけの熱い精汁をドクンドクンと勢いよく美女の喉の奥にほとばしらせてしまった。

やはり情交して放つのと違い、自分だけが昇り詰め、清潔な女の口を汚すという申し訳ない快感は格別だった。

「ク……、ンン……」

喉を直撃され、菜美が小さく呻いた。それでも噎《む》せることなく、吸引と舌の動きは続行してくれた。

矢十郎は自らも情交するようにズンズンと股間を突き上げ、まるで彼女の口を犯すように動きながら摩擦快感を味わい、心置きなく最後の一滴まで出し尽くした。

やがて、すっかり満足して突き上げを止め、彼は四肢を投げ出した。

菜美も亀頭を含んだまま、口に溜まったものを何度かに分けて、喉に流し込んでくれた。

「あう……」

ゴクリと喉を鳴らして嚥下されるたび、口腔がキュッと締まり、駄目押しの快感を得て矢十郎は呻き、彼女の口の中でヒクヒクと幹を震わせた。

菜美は全て飲み干し、なおも余りを吸い尽くすように舌と口蓋で挟み付けた。

舌鼓を打たれるような快感が全身を包み、矢十郎は溶けてしまいそうな心地で息を弾ませた。

ようやく菜美がすぽんと口を離し、幹をしごいて、鈴口から滲む白濁の雫を丁寧に舐め取ってくれた。

「く……、どうか、もう……」

射精直後で過敏に反応しながら矢十郎は呻き、くねくねと腰をよじって降参した。

やがて舐め尽くすと、菜美は懐紙で一物を包み込み、唾液のヌメリを拭ってくれ、大仕事を終えたように添い寝してくれた。

再び腕枕してもらい、矢十郎は胸に抱かれて力を抜いた。

菜美の吐く息に精汁の生臭さは残らず、さっきと同じ甘酸っぱい果実臭が馥郁《ふくいく》と漂い、鼻腔を刺激してくれた。

矢十郎は美女の吐息を嗅ぎ、優しい温もりに包まれながら、うっとりと快感の余韻を味わった。

「気持ち良かったですか？」

「ええ、とても……。このまま眠ってしまいそうです」

「構いませんよ。もう仕事も終えましたので、あとは夕餉の仕度だけですから」

菜美が囁き、矢十郎は目を閉じた。

いや、もちろん眠くはない。それよりも、こうして抱かれ、菜美の匂いを感じているうちに、また回復してきそうになってしまった。

彼はむっくりと起き上がった。

「まあ、お眠りにならないのですか」

「ええ、こうしていると際限がなくなりそうですので、今日はこれにて失礼します」

矢十郎は言い、立ち上がって下帯と袴を整えた。

「ではまた顔を出しますので、玄庵先生にもよろしく」

彼は言い、大小を帯びて縁側から下りた。

「貴女には今のような平穏な暮らしが似合います。まだ仇討ちをなさるおつもりですか」

草履《ぞうり》を履き、ふと振り返って訊いてみた。

「はい、もちろん……」

菜美はじっと彼を見つめ、静かに答えた。

「そうですか。では私も本気で捜します」

矢十郎は言い、辞儀をして玄庵の家を出て行った。

第三章　町娘のいけない好奇心

一

「ああ、何をしている。嫌がっているではないか」

娘の悲鳴を聞き、矢十郎は茶店へと駆けつけて言った。

そこでは、昼間から酔っている数人の男が、ちょうど通りかかった町娘の手を引っ張り、酌《しゃく》をせがんでいたのである。

娘は十七ぐらいで、なかなかに可憐な顔立ちをしていた。使いにでも行った帰りにからまれたのだろう。

男たちは全部で四人、見るからに破落戸《ごろつき》たちである。

矢十郎は国許でも、悶着《もんちゃく》を見ると口を出さずにはいられない性分だった。まあ彼の体軀を見れば、みなそれで治まってきたし、いつしか彼の顔も剣術の達者として知れ渡っていた。

だから彼も、つい国許にいるのと同じ感覚で近寄っていったのだ。

「お助け下さい……」

娘が言い、男の手を振り切って矢十郎の後ろに回ってきた。

「なあに言いやがる！　このサンピン……」

頰《ほお》に傷のある男が気色《けしき》ばんで勢いよく立ち上がったものの、矢十郎の背丈に息を呑んだ。

「娘は連れて行くぞ。構わぬな」

全身から闘志を発し、睨《にら》み付けて言うと、男は気圧《けお》されたように再び床机《しょうぎ》にへたり込んだ。迫力負けである。

「さあ、送ろうか」

一変して笑みを含んで娘に言い、矢十郎が歩き出すと、彼女も後ろに従い、足早についてきた。

そして何度か恐々と振り返ったが、男たちも追ってくる様子がないので安心したようだ。

「あ、有難《ありがと》うございます……」

連中から離れると、ようやく娘が声を震わせながらも礼の言葉を口にした。

「ああ、気をつけると良い。家はどこだ」

「日本橋です。紙屋をしている、上総屋《かずさや》の朱実《あけみ》と申します」

「そうか。私は皆川藩の響矢十郎だ。江戸へ出てきたばかりだが、日本橋なら知っている」

「まあ、皆川様の藩邸には、お届け物に上がったことがございます」

朱実が、顔を輝かせて言った。

「あの……、もしや響様は、こないだ女の方を背負って歩いていませんでしたか？」

言われて矢十郎は目を丸くし、羞恥に顔を熱くさせた。やはり大きいから、かなり目立ったようだ。

「うわ、見ていたのか。江戸に着いたばかりのとき、確かに病人を背負っていた」

「ああ、やっぱり。おっかさんと一緒に見て、なんて勇気のある方でしょうと話していたのですよ」

朱実が、からまれていた恐怖もすっかり忘れたように嬉しそうに言い、手を引かんばかりに日本橋まで案内した。

「ここです」

彼女が指すと、なるほど、上総屋はそこそこに立派な店構えをした紙屋だった。

「それでは、私はこれにて」

「いいえ、どうか中へ。おっかさんからもお礼を」

「いや……」

矢十郎は面映《おもは》ゆくて尻込みしたものの、朱実は熱心に言い、奥へ声をかけてしまった。そして間もなく出てきた、母親らしい女に早口でまくし立て、矢十郎を紹介した。

江戸娘は、何と口数が多いのだろうと驚き、それでも矢十郎は可憐な朱実と、艶《なま》めかしく熟《う》れた母親を交互に見た。

「まあ、それはそれは、朱実がお世話になりました。どうぞお上がり下さいませ」

すすめられ、結局矢十郎も客間へ上がり込み、お茶と菓子の接待を受けることになった。

母親は三十代半ばで、志摩《しま》と名乗った。彼女も実に良く舌が回り、亭主は所用で他出しており、ご挨拶も出来ずに失礼致しますとか、元は紙職人の番頭を婿《むこ》に迎え、十七の朱実が一人娘で、先日は一緒に矢十郎が女を背負っているところを見たというようなことを言った。

「皆川様のお屋敷にも懇意にして頂いております。何かお礼をしたいのですがいかが

すので」

「構いません。今は一段落しておりますし、朱実も配達がてらあちこち回っておりま
「それは有難いですが、お店の仕事が忙しいでしょう」

「江戸へいらしたばかりと伺いましたが、朱実をご案内に付けましょう」

「いえ、どうかお気遣いなく」

なものでしょうか」


志摩は言ってくれ、朱実も嬉しそうに頷いた。

そして結局、豪勢な昼餉まで馳走になってから、また矢十郎は朱実と外へ出て案内してもらうことになった。

「あれがお城です」

「ああ、さすがに大きくて立派だな」

矢十郎はお堀端まで来て、江戸城を遥拝《ようはい》した。

今日も良く晴れて暖かく、もう桜の季節は終わったものの、あちこちに行楽の人たちがいて賑《にぎ》わっていた。遠くには雪をかぶった富士《ふじ》の山が見え、真上では鳶《とんび》が緩やかに円を描いていた。

そして爽やかな風に乗り、ほんのりと美少女の甘い匂いも感じられた。

やがてお堀を回り、神田方面に歩いて行った。

「疲れただろう」

「いいえ、でも響様は早足だから」

言うと、朱実はほんのりと汗ばみ、息を弾ませて答えた。

「ああ、それは済まぬ。つい、いつもと同じ感じで歩いてしまった。では少し休むとしようか」

矢十郎は言い、茶店を探した。

しかし、ちょうど店が見当たらぬ場所で、その代わりたまたま一軒の待合を見つけてしまった。

「あはは、ここというわけにはゆかぬからなあ」

「あの、構いません。実は、いろいろお聞きしたいことがあるんです。茶店では人に聞かれるので……」

矢十郎が冗談めかして言うと、朱実がつぶらな目で彼を見上げて言った。

なるほど、待合は談合にも使われると聞いたことがあるので、彼女が良いというなら構わないだろうと思った。そして彼は、微かな期待も抱きながら一緒に中へ入っていった。

やはり二階の隅の部屋に通されると、二つ枕の床が敷き延べられていた。

矢十郎が刀を置いて座ると、朱実も座った。

「実は、縁談がありそうなのです」

「うん、それで？」

朱実の言葉に、矢十郎は胸を熱くして答えた。さすがに布団の敷かれた密室となると、否応なく股間が疼いてしまった。

「どのようなものか、少し怖いです。響様は、もう男女のことはご存じなのでしょうか」

朱実が、物怖《ものお》じもせず真っ直ぐに彼を見つめて訊いてきた。

まだ出会って間がないが、助けてもらったことと、大きく優しい彼を、だいぶ頼りにしているふうである。

「いや、私も知らない。少し本で読んだだけだが」

矢十郎は、また無垢なふりをしてしまった。

「朱実は知っているのか？」

「手習いの仲間と話しただけです。最初はたいそう痛いと言うし……」

「自分でしたことは？」

「まあ……！」

朱実は驚いて絶句し、頬から耳たぶまで真っ赤になってしまった。

「いや、済まぬ。恥ずかしいことだったな」

「それも、ご本に書かれていたのですか……」

「ああ、武家の女でも自分ですると聞いたことがあるので」

「本当ですか。お武家様でも……」

朱実が勢い込むように言い、これは自分でしているなと矢十郎は思った。

「うん、人はみな同じだ。武家も町人もない。心地よいことは誰でも好きだろう」

「響様もご自分で？」

「ああ、する」

「まあ……、どのように……？　よろしかったら、見てみたいのですが……」

朱実が言い、矢十郎は驚いた。江戸娘は、何と物怖じせず大胆なのかと思った。

「あまり気持ちの良いものではないぞ。驚いて泣かれても困る」

「大丈夫です。春画で見たこともあるんです」

矢十郎は無垢な美少女と密室でこんな話をしているだけで淫気が増し、いつしか激しく勃起してしまっていた。

「春画は、だいぶ大げさに大きく描いているが」

「ええ、分かってます。陰戸も大きく描いてありますから」

「そうか……」

「お願いです。お嫌でなければ、どのようなものか見せて下さいませ」

「誰にも内緒だぞ」

「ええ、もちろん。私の方こそ、内緒にして頂かなければ困ります」

「ならば、互いに脱ごう。私も、女がどのようなものか見たい」

「ええ……、分かりました……」

可憐な朱実は言うなり立ち上がり、思い切りよく帯を解きはじめてしまった。

二

「あん、どうか向こうを向いていて下さいませ……」

好奇心いっぱいの朱実だが、さすがに着物を脱ぐときは羞じらいを込めて言い、矢十郎も背を向けて脱ぎはじめた。

(良いのだろうか、出会ったばかりの無垢な町娘と……)

矢十郎は、一抹のためらいを抱きながらも、先に全裸になって布団に潜り込んだ。

それにしても、朱実は可愛い顔立ちに似合わず大胆で、武士に対してもさして物怖じせず、言いたいことを何でも言い、求めてくるのだ。

たちまち彼女も襦袢と腰巻を脱ぎ去り、一糸まとわぬ姿になって、急いで矢十郎の隣に潜り込んできた。

「大丈夫か……、朱実の、これからの幸せを思うと心配だ。やはり、正式な許嫁《いいなずけ》とした方が良くないか……」

「親の決めた相手ですし、まだろくに顔も合わせていません。それに心の中で、お武家様ってどういうものかなとずっと思っていたのです……」

朱実が布団の中から答えた。

ほんのり甘い匂いが中に籠もり、もう矢十郎も、後戻りできないほど淫気に満たされてしまった。

「ならば、私の願いもきいてくれるか」

「はい、響様の言いつけなら何でもききます」

「よし、では……」

矢十郎は、言うなり布団をはいだ。

「私の腹に座ってくれないか」

「え……？　そんな、お武家様を跨《また》ぐなんて……」

「してほしいのだ。さあ、どうか」

矢十郎は仰向けで言いながら、朱実の身体を下方へと押しやった。

「あん……、本当にいいのかしら……」

彼女は言いながら、そろそろと彼の腹に跨がってきた。もどかしいので矢十郎が手を引くと、とうとう朱実は彼の下腹にギュッと座り込んだ。

「アア……」

朱実はビクリと身を強《こわ》ばらせて喘《あえ》いだ。

矢十郎は、下腹に密着する無垢な陰戸と、楚々《そそ》とした茂みを感じ、思わず一物で彼女の腰を叩いた。

「脚を伸ばして」

言いながら両の足首を摑《つか》んで引っ張り、顔に乗せた。

「ああん……、こんなこと、許されません。どうかお許しを……」

好奇心いっぱいだった朱実が、か細く言ってガクガクと小刻みに全身を震わせた。

「ああ、こうしてみたかったのだ。もっと力を抜いて」

矢十郎は、立てた両膝に彼女を寄りかからせ、下腹に美少女の全体重を受け、陶然となって言った。

むろん頑丈なので重くはなく、背負うよりずっと楽で心地よかった。

腹に密着する生娘《きむすめ》の陰戸は、ほんのり生温かく湿っているようだ。彼は大柄なので朱実はほとんど脚を伸ばし、ちょうど爪先《つまさき》が鼻に触れる程度である。

さすがに歩きづめで緊張もあるため、指の股は汗と脂にジットリ湿り、蒸れた匂いが濃く籠もっていた。

矢十郎は足首を押さえ、両足の指の股に鼻を押しつけて嗅ぎ、足裏に舌を這《は》い回らせた。

「アアッ……、駄目です、汚いのに……」

朱実はくねくねと腰を悶えさせては、湿った陰戸を彼の腹にこすりつけてきた。

矢十郎は爪先にしゃぶり付き、桜色の爪を噛み、全ての指の股に順々にヌルッと舌を割り込ませていった。

「あう……！　ど、どうか……」

朱実は激しく息を弾ませ、彼の口の中で指先を縮めた。

矢十郎は美少女の指を味わい、味と匂いが消え去るまで貪《むさぼ》った。

「さあ、前へ来て」

舐め尽くすと、矢十郎は言って彼女の手を引いた。

「ああん……、どうするのです……」

朱実が、尻込みしながら声を震わせた。

「陰戸を真下から見てみたい。さあ、厠《かわや》のように跨いでしゃがんで」

言いながら引っ張り、とうとう彼女を顔に跨がせ、しゃがみ込ませてしまった。

「アア……、お武家様にこんなこと……」

朱実は喘ぎながら、顔に座り込まぬよう懸命に両足を踏ん張った。

白くムッチリとした内腿や脹《ふく》ら脛《はぎ》が張り詰め、無垢な陰戸がほのかな芳香を発して彼の鼻先に迫った。

若草はほんのひとつまみほど淡く、ぷっくりした股間の丘に煙っていた。

割れ目は、まるで二つの大福を横に並べて押しつぶしたように丸みを帯び、間から僅かに薄桃色の花びらがはみ出していた。

そっと指を当てて左右に開くと、

「ああ……」

触れられた朱実が声を洩らし、ビクリと白い下腹を波打たせた。

中は綺麗な柔肉で、全体がヌメヌメと幼い蜜汁に潤っていた。無垢な膣口は、やはり細かな襞《ひだ》が入り組んで息づき、ポツンとした尿口も見え、包皮の下からは小粒のオサネが顔を覗かせていた。

矢十郎は顔を上げ、腰を抱き寄せ、柔らかな若草に鼻を埋め込んだ。

嗅ぐと、隅々には甘ったるい汗の匂いが籠もり、それに残尿臭の刺激も程よく入り交じって鼻腔を掻き回してきた。

彼は何度も嗅いで美少女の悩ましい体臭で胸を満たし、舌を這わせていった。

舌先で息づく膣口を舐め回すと、ほのかな汗の味に混じり、やはり淡い酸味のヌラつきが感じられた。

そのままオサネまで舐め上げていくと、

「アアッ……！」

朱実が熱く喘ぎ、思わずギュッと陰戸を彼の口に押しつけてきた。

「ここ、気持ち良いか？」

「ええ……、でも、申し訳なくて……」

真下から聞くと、朱実は声を上ずらせて小さく答えた。

オサネをチロチロと舐めると、次第に蜜汁の量も格段に増していった。

「ああ……、き、気持ちいい……」

朱実は次第に正直な感想を洩らして喘ぎ、ヒクヒクと内腿を震わせた。

やはり後家でも生娘でも、オサネは最も感じるようだ。矢十郎は舌先で執拗《しつよう》にオサネを舐め回し、滴《したた》る蜜汁をすすった。

もちろん尻の真下にも潜り込み、顔中にひんやりとした双丘を密着させながら、谷間の可憐な蕾《つぼみ》に鼻を埋め込んでいった。

淡い汗の匂いに混じり、秘めやかな微香が可愛らしく籠もり、矢十郎は美少女の恥ずかしい匂いを貪りながら舌先でくすぐるように蕾を舐めた。

「あう……、い、いけません、そんなこと……」

朱実が驚いたように呻き、尻をくねらせた。彼は充分に濡らしてから舌先をヌルッと潜り込ませ、滑らかな粘膜まで味わった。

「う……、駄目、汚いです……」

彼女は息を詰め、潜り込んだ舌先をキュッと肛門で締め付けてきた。

その間も陰戸から溢れる淫水が彼の鼻を濡らし、矢十郎は舌を出し入れさせるように蠢かせてから、再び割れ目に戻り、新たなヌメリを舐め取ってオサネに吸い付いていった。

さらに生娘の膣口にそっと指を差し入れ、中の温もりと感触を確かめた。

さすがにきついほどの締まりの良さで、指一本がやっとである。しかし潤いが豊富だから、一物を入れたらどんなに心地よいだろうかと想像がついた。

入り口付近をクチュクチュと小刻みに指の腹でこすり、なおもオサネを舐め回していると、朱実の全身がガクガクと痙攣し、とても上体を起こしていられずに突っ伏してしまった。

「アア……、いい気持ち……、もう駄目……、ああーッ……！」

亀の子のように彼の顔の上で四肢を縮めていた朱実は声を上ずらせ、とうとう気を遣ってしまった。粗相したように大量の淫水を噴出し、それ以上の刺激を拒むようにごろりと横になって身体を丸めてしまった。

矢十郎も、ようやく股間から這い出して添い寝し、いつまでも喘ぎながら身を震わせている美少女の胸に顔を埋め、腕枕してもらった。

「ああ……、こんなの、初めて……」

朱実は思い出したようにビクッと肌を波打たせながら、息も絶えだえになってか細く呟き、彼の顔をギュッと胸に抱きすくめた。

矢十郎は初々しい乳首に吸い付き、生娘の弾力を秘めた膨らみに顔中を押しつけて甘い体臭に包まれた。

もう片方の乳首にもチュッと吸い付いてコリコリと舌で転がし、さらに腋の下にも顔を埋めると、鼻をくすぐる和毛の隅々には、何とも可愛らしく甘ったるい汗の匂いが籠もっていた。

しかし朱実は、まだ股間から突き上がる快楽の衝撃に身を震わせ、乳首や腋には反応せず、やがてグッタリと力を抜いていった。

三

「なんて、良い匂い……」

矢十郎は、朱実のぷっくりした口に鼻を押しつけて言った。滑らかな歯並びの間から洩れる息は、果実のように甘酸っぱく、嗅ぐたびに鼻腔が生温かな湿り気に刺激され、芳香が胸に沁み込んでいった。

彼は唇を重ね、舌を差し入れては並びを左右にたどり、引き締まった桃色の歯茎まで舐め回した。内部にも潜り込ませて舌をからめ、滑らかな感触と清らかな唾液を味わった。

美少女の口の中は、さらにかぐわしい果実臭が濃厚に籠もり、矢十郎は執拗に唾液と吐息を貪った。

その間に朱実もようやく呼吸を整え、徐々に自分を取り戻していった。

「気持ち良かった……、恐ろしいぐらいです……」

彼女が口を離し、小さく言った。

「そうか、ならば良かった」

「あんなところまで舐めるなんて、驚きました……」

朱実は、思い出したようにビクリと肌を震わせて囁いた。

そして矢十郎が股間を押しつけると、そろそろと強ばりに指を這わせてきた。

「見ても、構いませんか……」

彼女が言うので、矢十郎も仰向けになって受け身の体勢を取った。

朱実は懸命に力を入れて身を起こし、握っている肉棒に顔を寄せ、熱い視線を注いできた。

無垢な視線と息を股間に感じ、矢十郎はヒクヒクと幹を震わせた。

「動いているわ……、でもおかしな形……」

朱実は無邪気な感想を述べ、珍しい玩具《おもちゃ》でも手にしたようにニギニギと動かし、張りつめた亀頭から縮こまったふぐりまで指を這わせてきた。

「ああ……」

「強くないですか……？」

「とっても気持ちいいよ……」

矢十郎は喘ぎながら答え、美少女の汗ばんだ手のひらの中で一物を脈打たせた。

「春画よりずっと小さいだろう？」

「ええ、でも入るのかしら、こんなに大きなものが……」

朱実は、不安げに言いながらも好奇心いっぱいに硬度と感触を確かめるように、再び肉棒を握って指を動かした。

「入るよ。いっぱい濡れていたのだから」

矢十郎は言い、先端を彼女の鼻先に突き出した。

「これも濡らしてくれるかい」

言うと、朱実は小さく頷き、そっと先端に唇を触れさせてきた。そしてチロリと舌を伸ばし、粘液の滲む鈴口を舐めてくれた。

「アア……」

矢十郎が気持ち良さそうに喘ぐと、朱実も舌の動きを活発にさせてくれた。やはり彼が悦《よろこ》ぶと嬉しいようだし、自分も充分に舐められて、心地よかったことを実感しているので、お返しするように舌を蠢かせた。

張りつめた亀頭が美少女の温かく清らかな唾液にまみれ、さらに朱実は丸く開いた口で含んできた。

小さな口いっぱいに頰張って吸い付き、熱い鼻息で恥毛をそよがせながらチロチロと舌がからみつくと、矢十郎はあまりの快感に高まり、すぐにも漏らしそうになってしまった。

朱実はたっぷりと唾液を出して肉棒を浸し、滑らかに舌を蠢かせ、チュッチュッと無邪気な音を立てて吸ってくれた。

「ここも……」

危うく果てそうになると、矢十郎は口を離させ、ふぐりも舐めてもらった。

朱実も厭《いと》わずに満遍なく舌を這わせ、二つの睾丸を転がし、袋全体を温かな唾液にまみれさせてくれた。

やがて我慢できなくなり、矢十郎は身を起こし、彼女を仰向けにさせた。

「いいかい？」

股間に身を割り込ませて訊くと、朱実も小さくこっくりした。

矢十郎は股間をすすめ、唾液にまみれた先端を無垢な陰戸に押しつけ、ヌメリを確認するようにこすりつけた。

「ああ……」

朱実が熱く声を洩らした。まだ入れていないが、期待と好奇心と僅かな不安に、白い腹をヒクヒクと波打たせていた。

位置を定め、彼は挿入していった。

生娘の膣口が丸く押し広がり、ずぶりと亀頭が潜り込むと、

「あう……！」

朱実が眉をひそめて呻いた。

さすがにきついが、何しろ潤いが豊富なので、矢十郎はヌルヌルッと一気に根元まで押し込んでしまった。肉襞の摩擦と締め付けが何とも心地よく、他の誰よりも中は熱いほどの温もりが満ちていた。

股間を密着させ、そろそろと両足を伸ばして身を重ねると、朱実が破瓜《はか》の痛みを堪えるように下から両手を回してしがみついてきた。

胸で乳房を押しつぶし、それでもあまり重みをかけないよう肘《ひじ》を突っ張った。

「痛いかい」

「ええ……、奥が、熱いです……」

囁くと、朱実が小さく健気に答えた。

矢十郎は屈み込むように、可愛らしく甘酸っぱい息の洩れる口に鼻を押しつけ、美少女の匂いで胸を満たしながら淫気を高め、様子を見ながら少しずつ腰を突き動かしはじめた。

「アア……」

朱実は熱く湿り気ある息を洩らしながら喘ぎ、それでも律動するうち痛みも麻痺《まひ》したように、無意識に腰を動かしはじめた。身の丈が違いすぎても、男と女は嵌《は》まり合うように出来ているのだろう。

湿った摩擦音が聞こえ、矢十郎はあっという間に絶頂に達してしまった。

初めての生娘を、じっくり味わいたい気があったが、何しろ可憐な匂いと感触に高まり、それに痛いだろうから長引かせる必要もないのだった。

「く……！」

突き上がる大きな快感に呻きながら、矢十郎は熱い大量の精汁をドクドクと勢いよく内部にほとばしらせた。中に満ちるヌメリに、さらに律動がヌラヌラと滑らかになっていった。

絶頂の瞬間は快感に任せ、相手が初めてということも忘れ股間をぶつけるように動いてしまった。朱実は力尽きてグッタリとなり、ようやく出し切った彼も徐々に動きを弱めていった。

矢十郎は力を抜いて呼吸を整え、まだモグモグと収縮する膣内に刺激されながら余《よ》韻《いん》を味わった。

やがてゆっくりと身を起こし、股間を引き離した。

桜紙で手早く一物を拭い、生娘でなくなったばかりの陰戸を覗き込むと、はみ出した陰唇が痛々しくめくれて血の気を失い、膣口からは逆流する精汁に混じり、うっすらと血の糸が走っていた。

そっと桜紙を当てて拭ってやり、処理を終えて添い寝した。

「大丈夫か……？」

「はい……、私の最初の方は、お武家様なのですね……」

囁くと、朱実が答えた。

泣いたり、後悔している様子もないので彼は安心したものだった。案外、男が思う以上に女は逞しく、このようにして本格的な快楽に目覚めていくものかも知れないと思った。

矢十郎は愛しくて唇を重ね、ぷっくりした弾力を味わいながらネットリと舌をからめた。しかし清らかな唾液と吐息を感じているうち、すぐにもムクムクと回復してきてしまった。

何しろ生娘を気遣うあまり、早々と終えてしまい、これで待合を出るには惜しい気がしてきたのだ。

「また立ってきてしまった……」

矢十郎は甘えるように言い、勃起した肉棒を彼女の肌に押しつけた。

「まあ……、また入れたら壊れてしまいます。この次なら良いけれど、今日はもう、どうか堪忍……」

朱実が言い、それでも手を伸ばし、強ばりを揉んでくれた。

「お口でもいいですか？」

「ああ、してくれるのか……」

言うと、すぐに彼女も身を起こし、再び股間に屈み込んでしゃぶり付いてくれた。

矢十郎も大股開きになって彼女を真ん中に陣取らせ、温かく濡れた口の中で幹を震わせた。

朱実は、自分の初物を奪ったばかりの一物を舐め回し、無心に吸ってくれた。

矢十郎がズンズンと股間を突き上げると、彼女も顔を上下させ、すぽすぽと口で摩擦してくれた。

清らかな口を汚す快感に急激に高まり、矢十郎はあっという間に昇り詰めてしまった。再び大きな快感が全身を貫き、勢いよく精汁が飛び出し、美少女の喉の奥を直撃した。

「ンン……」

噴出を受け止めて呻きながら、朱実は口を離さず、舌の蠢きと吸引を続行して最後まで吸い出してくれた。

「ああ……、何と気持ち良い……」

出し切った矢十郎は満足げに言い、やがて彼女の喉がゴクリと鳴る音を聞きながらうっとりと余韻に浸り込んでいった。

四

「大森久吾？　聞いたことがあるな」

矢十郎が訊くと、淳が言った。

今日も道場を訪ねると、稽古を終えた淳が出てきたところだったので、一緒に歩いていた。

彼も別に稽古がしたかったわけではなく、やはり淳に会いたかったのだ。元より門人たちは、誰も矢十郎とは稽古してくれないのだ。

今日も良く晴れ、神田の町は多くの人々が行き交っていた。矢十郎も、次第に人の多さにも慣れ、ぶつからぬよう歩くことが出来た。もっとも大きな彼を見ると、向こうの方から避けてくれるのである。

「本当ですか」

「ああ、以前あちこちで道場破りをしては小銭を稼いでいたらしい。うちにも来ぬかと待っていたが、いつの間にか姿を見なくなったようだ」

「そうですか、では、ねぐらなどは分かりませんね」

「その男が何か」

「夫の敵として、国許から出てきている後家がいるのです。私が江戸へ来る途中、行き合って道連れになったのですが」

「その女と、したのね……」

淳の囁きが、急に女言葉に戻って悋気《りんき》の眼差《まなざ》しを向けてきた。

「い、いや……」

「嘘、顔に書いてある」

淳は、凜とした美しい顔で睨んだ。最初は、互いに淫気をぶつけ合うだけと言っておきながら、やはり心の執着も芽生えはじめているのだろう。

と、そのときである。

「あれえ、こないだのでけえ奴じゃねえか」

先日の破落戸《ごろつき》が、矢十郎を見て言った。頬に傷のある男と、今日は五人ばかりの仲間がいた。

「おうサンピン、今日は勘弁ならねえぞ。先生を呼んでこい」

「それが、どこで飲んでるのか……」

「ええい、肝心のときにいねえ用心棒だ。俺たちだけでやっちまえ！」

傷の男が言うなり匕首《あいくち》を抜き、矢十郎に突きかかってきた。

しかし、その寸前に淳の柄当てが男の水月《すいげつ》にめり込んでいた。

「むぐ……！」

男が呻いて膝を突いたが、淳はさらに顎《あご》を蹴り、その顔にペッと唾を吐きかけながら頬を踏みにじった。

「おのれら、武士に向かって何たる雑言《ぞうごん》」

淳が男の鼻っ柱を踏みつぶしながら言い、残りの連中を睥睨《へいげい》した。

この、男か女か分からない武士の迫力に、他の連中は腰が引け、ぺこぺこ頭を下げながら、倒れた男を引きずり起こし、這々《ほうほう》の体《てい》で立ち去ってしまった。大柄な矢十郎のみならず、癇癪《かんしゃく》持ちらしい淳に震え上がったようだった。

「あの連中は？」

「他国から流れてきた破落戸だ。親分も持たず、古寺で賭場を開いている烏合《うごう》の衆だが、近々退治しようと思っていた」

淳は不機嫌そうに言い、大股に歩きはじめたので、矢十郎も従った。

「一つ訊きたい。その男を捜し出し、助太刀《すけだち》するのか」

「そうなるでしょうね。仇討ちなどさせたくないので、江戸にいなければ良いがと密かに願っていたのですが、いた以上いつかは巡り合うでしょうから」

「なぜ止めさせたい」

「つまらぬことです。それに仇を討って国へ帰っても、身寄りもない人ですから」

「では、矢十郎殿が妻女にし、遊学を終えれば皆川へ連れ帰るのか」

「それは無理でしょうね。私は五男坊だから、帰ってから養子先を見つけることになりそうです」

「それこそつまらぬこと。江戸で、然るべき相手の婿になってしまえば早いのに」

「たとえば、淳様の？」

「知らぬ！」

淳は言い捨て、外方を向いて早足に進んだ。

彼は淳の巻き起こす甘い風を嗅ぎながらついてゆき、激しい淫気に見舞われた。もっとも、最初から淫気を抱いて淳に会いに来たのである。

「ねえ、淳様」

「なにか」

「また待合に入りたいです」

「今日はその気にならぬ」

相当に機嫌が悪く、淳は進みながら彼の方を見もしなかった。

「そう言わずに。何しろ覚えたてで、痛いほど突っ張っているのです。淳様が良いと言うまで陰戸をお舐めしますから」

「……………」

露骨《ろこつ》な物言いに、怒るかと思ったが、かえって淳の琴線に触れたようだ。元々男っぽく、回りくどい言い方よりずっと胸に響くのだろう。

淳は頬を赤くし、動揺を隠すように頬を強ばらせた。

しかし彼女は歩調を緩めず、やがて裏路地に入り、一軒の家に入っていった。

「ここは……?」

「私の家」

「そうですか。ではお邪魔します」

矢十郎は言い、その小ぢんまりした仕舞屋《しもた》に入っていった。どこかの大店《おおだな》の裏手にある一軒家だ。あるいは元は妾宅《しょうたく》のようなものかも知れず、そこへ間借りしているようだった。

室内は掃除が行き届いて整頓され、文机の上の一輪挿しが、淳の女らしい部分を表わしているようだった。

彼はほんのり籠もる甘い女の匂いを感じながら大小を置き、勝手に床を敷き延べ、袴と着物を脱いで全裸になってしまった。そして淳の体臭の染みついた布団に横たわり、すっかり勃起している肉棒をしごいた。

「早くしてくれないと、出てしまう……」

「莫迦《ばか》……」

矢十郎が甘えるように言うと、淳もすぐに刀を置き、彼の手を一物から引き離してきた。

「私が良いと言うまで出さないで……」

「ええ、では淳様も脱いで、可愛がって下さいませ……」

淳が、すっかり拗《す》ねた口調も消し去り、熱い淫気を前面に出して囁くと、彼も一物を震わせて答えた。

彼女はいったん離れ、やはり手早く脱ぎ去って一糸まとわぬ姿になった。

そして添い寝すると、矢十郎は腕枕してもらい汗ばんだ胸に顔を埋めた。

稽古を終え、しかも大暴れもした後だから胸元や腋からは、何とも甘ったるい汗の匂いが漂ってきた。

「アア……」

チュッと乳首に吸い付くと、すぐにも淳は熱く喘ぎはじめた。

矢十郎は舌で転がし、晒《さら》しに締め付けられていた膨らみを揉み、もう片方も含んで愛撫した。

やがて両の乳首を充分に味わい、張りのある膨らみを顔中に感じてから、矢十郎は淳の腋の下に顔を埋め、腋毛に籠もった濃厚な体臭で鼻腔を満たした。

彼女も完全に仰向けになって身を投げ出し、矢十郎はのしかかりながら徐々に肌を舐め下りていった。

滑らかな肌は引き締まり、淡い汗の味がした。臍から下腹、太腿を舌でたどり、先ほど破落戸を踏みつけた逞しい足裏も舐め回した。

汗と脂に生温かくジットリ湿った指の股にも鼻を割り込ませて、悩ましく蒸れた匂いを貪り、爪先にしゃぶり付いた。

「あう……」

淳はビクッと脚を震わせて呻き、指先で彼の舌を挟み付けてきた。

矢十郎は両足とも充分に堪能し、やがて彼女の脚の内側を舐め上げ、陰戸へと顔を進めていった。

淳も両膝を開き、期待に乳房を弾ませていた。

ムッチリとした内腿を舐め上げ、割れ目に目をやると、すでに内から溢れる淫水がネットリと糸を引いて滴《したた》っていた。

しかし矢十郎は、先に彼女の脚を持ち上げ、白く丸い尻の谷間から攻めはじめた。

可憐な薄桃色の蕾に鼻を埋め込むと、顔中にひんやりした双丘が心地よく密着し、秘めやかな微香が胸に沁み込んできた。

舌を這わせると、細かな襞が息づくような収縮を繰り返し、さらに彼は内部にもヌルッと潜り込ませて粘膜を味わった。

「アアッ……！」

淳が熱く喘ぎ、キュッと肛門で舌先を締め付けてきた。

矢十郎は舌を出し入れさせるように顔を前後させ、やがて陰戸から伝い流れる蜜汁を舐めながら脚を下ろし、割れ目に舌を這わせていった。

五

「ああ……、き、気持ちいいッ……！」

淡い酸味のヌメリをすすりながら、膣口からオサネまで舐め上げると、淳がビクッと顔をのけぞらせて喘いだ。

矢十郎は柔らかな茂みに鼻をこすりつけ、隅々に濃厚に籠もる汗とゆばりの匂いを嗅ぎ、突き立ったオサネを舐め回し続けた。

包皮を上の歯で剝き、露出した突起を吸うと、引き締まった内腿がきつくキュッと彼の顔を締め付けてきた。

彼は腰を抱え込みながら執拗にオサネを吸っては、新たに溢れる淫水を舐め取り、ヒクヒク震える下腹と喘ぐ顔を眺めた。

「も、もう駄目……、まだ勿体《もったい》ない……」

絶頂を迫らせた淳が声を震わせて言い、懸命に起き上がって彼の顔を股間から追い出してきた。

矢十郎も、美女の味と匂いを心ゆくまで堪能したので身を離し、再び仰向けになっていった。

すると今度は淳が彼の乳首を舐め、そっと歯を当てて刺激しながら徐々に股間へと舌を這わせていった。そして矢十郎を大股開きにさせると、その真ん中に陣取って腹這い、脚を浮かせようとした。

どうやら自分がされたのと同じく、尻から舐めてくれるらしい。

矢十郎は期待に胸を震わせながら、自ら浮かせた脚を抱え込んで尻を突き出した。

さらに淳が両の親指で谷間を広げ、真ん中を舌先でチロチロとくすぐるように舐めてきた。

「ああッ……!」

肛門を舐められ、矢十郎はくすぐったくむず痒《がゆ》い快感に喘いだ。

淳は厭わず念入りに舌を這わせて濡らし、ヌルッと中にも潜り込ませてきた。

「あう……、気持ちいい……」

矢十郎は呻きながら、美女の舌を肛門でモグモグと味わった。

内部でクネクネと舌が蠢き、彼女の熱い鼻息がふぐりをくすぐった。屹立した一物は、まるで内側から操られるようにヒクヒクと震えた。

やがて充分に愛撫してから彼女が脚を下ろし、矢十郎のふぐりに舌を這わせ、二つの睾丸を転がしてきた。

今度は熱い鼻息が肉棒の裏側をくすぐり、彼女は袋全体を唾液にまみれさせると、いよいよ舌先でツツーッと幹の裏筋を舐め上げた。

先端まで達すると、舌先が粘液の滲む鈴口をペロペロと小刻みに舐め、さらに張りつめた亀頭全体にしゃぶり付いてきた。

「アア……、いい……」

舐められながらスッポリと喉の奥まで呑み込まれ、矢十郎はうっとりと喘いだ。

彼女は根元まで頬張り、温かく濡れた口腔をキュッと締め付けて吸い、息で恥毛をそよがせながら舌をからめてきた。

たちまち肉棒は美女の温かな唾液にまみれて震え、すぽすぽと摩擦されると急激に高まった。

「も、もう……」

今度は矢十郎が降参する番だった。息を詰めて言い、腰をよじると、すぐに淳もすぽんと口を離してくれた。

「どうか上から……」

促すと、彼女も自分から身を起こし、自らの唾液に濡れた一物に跨がり、先端を陰戸に受け入れながら腰を沈み込ませてきた。

ヌルヌルッと心地よい肉襞の摩擦を受け、一物は根元まで呑み込まれていった。

「アアッ……！」

淳が顔をのけぞらせて喘ぎ、密着した股間をグリグリとこすりつけるように動かした。そのたびに引き締まった腹の筋肉が艶めかしく躍動し、肉棒がキュッキュッと締め付けられた。

やがて彼女が上体を倒し、身を重ねてきた。

矢十郎は下から両手でしがみつきながら、良く締まる膣内の温もりと心地よい感触を味わい、形良い口から洩れる甘い花粉臭の息を嗅いで高まった。

唇を求めると、淳も上からぴったりと吸い付き、舌をからめてくれた。

矢十郎は、美女の生温かな吐息と唾液を貪り、快感に任せてズンズンと股間を突き上げはじめた。

「ああ……、いきそう……」

淳が唾液の糸を引き、顔を上げて喘いだ。

「ねえ、さっき破落戸にしたように、顔に唾をかけて欲しい……」

矢十郎は、恥ずかしい願望を口にして幹を震わせた。

「そんなこと……、好いた男には出来ない……」

「して欲しい、さっきよりも思い切り……」

「駄目……、ああ……」

彼が自分の言葉に硬度を増し、それが過敏に陰戸の中に伝わるのか、淳も腰を使って喘ぎはじめた。大量の淫水が洩れて律動が滑らかになり、溢れた分が彼のふぐりや肛門にも流れ、ピチャクチャと卑猥《ひわい》な音を立てた。

「ならば本当のことを言おう。私は淳様と最初にしたとき、無垢ではなかった。さあ、こんな男なのだから、強く唾を……」

「嘘つき……」

言うなり、淳が濃い眉を吊り上げて言い、顔を寄せ激しい勢いでペッと唾液を吐きかけてきた。

「ああ……、もっと……」

湿り気ある甘い息が顔中を撫で、生温かな粘液の塊が鼻筋にピチャリとかかると、矢十郎は甘美な恍惚《こうこつ》にうっとりと喘いだ。

「なんて、不実な男……、私の体と心を弄《もてあそ》んだのだな……」

淳は言いながら、大きく息を吸って顔を寄せては、強く吐きかけてくれた。

別に将来を約束して交わったわけではないのだが、彼女もすっかり自身の言葉と行為に酔いしれ、激しく腰を動かしていた。

そして途中から彼女も舌を這わせ、彼の顔中の唾液を塗りつけてヌルヌルにしてくれた。

「ああ……、いく……！」

たちまち矢十郎は大きな絶頂の渦《うず》に巻き込まれてしまい、美女の唾液と吐息の匂いに包まれながら昇り詰めた。

大きな快感が全身を貫き、彼はしがみつきながら激しく股間を突き上げ、ありったけの熱い精汁を勢いよくほとばしらせた。

「アアッ……、熱い……、もっと……！」

奥深い部分に噴出を感じ取った途端、続いて淳も激しく気を遣って口走った。膣内を収縮させながら、ガクンガクンと狂おしい痙攣《けいれん》を繰り返し、最後の一滴まで搾り取ってくれた。

矢十郎はすっかり満足しながら徐々に動きを弱めてゆき、力を抜いていった。

淳は何度かのけぞってはヒクヒクと全身を震わせていたが、それも次第に下火になって強ばりが解けていった。

「ああ……、溶けてしまう……」

淳は彼の耳元で熱く囁きながら、グッタリとのしかかってきた。矢十郎が頑丈だから、大柄な自分でも遠慮なく体重がかけられるようだ。

矢十郎は重みと温もりを感じ、淳の口に鼻を押しつけて熱く甘い息を嗅ぎながら、うっとりと快感の余韻を噛み締めた。

まだ膣内はヒクヒクと締まり、刺激された一物もぴくんと過敏に反応した。

「く……、もう堪忍……」

天井をこすられ、淳が駄目押しの快感の中で息を詰めた。しばらくは、互いに気を遣った直後で感じすぎるのだ。

二人は熱い息遣いを交錯させていたが、ようやく呼吸を整えた。

「それで、その仇討ち女はどこに……」

「玄庵先生の家に住み込み、下働きをしている」

「なに、玄庵先生の……」

淳は言い、またキュッときつく締め付けてきた。

「では近々顔を見に行ってやる」

「どうか、いじめないで下さいね。気の毒な人なのだから」

「矢十郎殿が、常に私を心地よくさせてくれるなら、いじめはしない」

淳は言い、悔しげに彼の目の奥を覗き込み、再び唇を重ねてグイグイと押しつけてきた。

そして彼の唇を嚙み、大量の唾液をトロトロと口移しに注ぎ、執拗に舌をからみつけてきた。

「ンン……」

矢十郎は呻き、美女の甘い唾液と吐息を吸収し、滑らかに舌を舐め合っているうち再びムクムクと淳の中で回復してきてしまった。

「ああ……、また中で大きく……」

淳が口を離して喘ぎ、もう堪忍といったくせに再び腰を使いはじめた。

「アア……、中で、擦《こす》れる……、またいきそう……」

淳は声を上ずらせ、いつしかまた本格的な律動を開始してしまった。

矢十郎も、すっかり元の大きさに戻ってしまったので観念した。

そして下から両手で彼女にしがみつきながら、腰の突き上げを再開させ、ともに二度目の絶頂を目指したのだった。

第四章　三《み》つ巴《どもえ》の快楽に溺《おぼ》れて

一

「大森久吾の居場所が分かった。これから乗り込もう」

「本当ですか……」

藩邸を訪ねてきた淳が言い、矢十郎は目を丸くした。こんなにも広く人の多い江戸で、すぐにも敵が見つかったことに驚いているのだ。

「昨日の破落戸《ごろつき》どもが先生と言っていたのが久吾だ。賭場を開いている古寺を根城にしている」

「そうですか。道場破りより、破落戸の用心棒の方が金になるのですね」

矢十郎は言い、一緒に外へ出て、神田の外れにあるという古寺を目指した。淳は岡っ引きなどとも懇意にしているため、そうした情報にも明るいようだった。まあ、それだけ暴れる機会を求めているのかも知れない。

「で、どうする」

「まず行ってみます。その上で決めましょう」

「その女も呼ぶか。すぐ始末が付けば話は早い」

「いえ、まずは本物かどうか私が」

「何と悠長な」

淳は呆《あき》れたように言ったが、とにかく矢十郎は久吾に会って、まず話すつもりだった。まだ菜美の言い分しか聞いていないのである。

二人で少し歩くと人家も途切れ、河原が見えてきた。その手前に、すでに人も住まぬ荒れ果てた寺があった。

「あそこだ。だが、だいぶ役人にも目を付けられているので昼間からいるかどうか」

淳が言う。

連中は、あちこちの空き家などを転々とし、ある程度の金が貯まれば岡場所などに泊まり込むという浮き草のような暮らしをしているようだ。

とにかく矢十郎は雑草の生《お》い茂る境内《けいだい》に入り、本堂に向かった。屋根瓦《やねがわら》はまばらになり、庫裡《くり》の方も荒れ果てているようだ。

中は、しんと静まりかえっている。

「大森さん！」

「ば、莫迦《ばか》……」

矢十郎が声を掛けると、淳がビクリと身じろいで彼を睨《にら》んだ。

すると本堂の破れ障子《しょうじ》が開き、ばらばらと数人の破落戸が飛び出してきたのだ。

「う、うわ……、また来やがった……、な、何の用だ……」

昨日淳に踏まれて鼻を赤くした、頬に傷のある男が目を丸くして言った。

すぐに淳はすらりと抜刀した。

「用心棒の先生はいるか」

矢十郎が言うと、傷のある男が手下に顎《あご》で合図した。一人が中に戻り、少し待っていると痩せた浪人が目をこすりながら出てきた。

どうやら昨夜も深酒をし、今まで寝ていたようだ。

「なんだ。武士が二人ではないか。うん？　一人は女か」

浪人は言い、矢十郎と淳を見た。確かに菜美が言っていた風貌で、胸の紋所は二つ巴だ。

「俺は、他の縄張りの破落戸を追い払うために雇われている。武士同士の斬り合いなど聞いておらぬぞ」

「そ、そんな、先生……」

浪人が、また本堂へ戻ろうとするのを傷の男が押しとどめた。

その瞬間、浪人ものは振り返りざま小柄《こづか》を投げつけてきた。戻ろうとして隙を見せたのは、それを取り出すためだったようだ。

しかし、難なく矢十郎は柄頭《つかがしら》で小柄を弾き返していた。

「ほう、やるな」

浪人は言い、もう一本の小柄を投げつけてから、落とし差しの大刀を抜き放ち、矢十郎に素早く斬りかかってきた。

それを、淳がしゃしゃり出て刀で受け、キーンと金属音を鳴らし火花を散らした。

「女を斬る気はない。あとで抱いてやる」

浪人は言うなり、返す刀で淳の脾腹《ひばら》に強《したた》かな峰打ちをくれた。

「ウッ……！」

淳が呻《うめ》き、そのままがくりと膝を突き、うつぶせに昏倒してしまった。

さらに浪人は矢十郎に向かい、大振りに攻撃を仕掛けてきた。矢十郎は抜かず、間合いを取ってかわすばかりだ。

そのうち、浪人は息を切らし、刀を下ろして激しく咳《せ》き込んだ。

「大丈夫ですか」

「お前、何者だ……」

矢十郎が言うと、浪人は屈み込みながら暗い顔を上げた。

「大森久吾さんなら、話があります」

「なぜ俺の名を……」

「山尾藩の風早菜美さんから聞きました」

「なに……、まさか菜美さんが江戸に……」

男、久吾は目を見開き、矢十郎を睨み付けた。が、すぐに力なく肩を落とした。

「そうか、お前は菜美さんの助太刀か。どうやら腕は、俺よりお前の方が上だ。では死ぬ前に、一杯付き合ってほしい」

久吾は刀を納めて言った。

「いいでしょう」

「仙三《せんぞう》、酒と湯飲みを持ってこい。俺とこの人の分だ！」

矢十郎が答えると、久吾が破落戸に怒鳴った。

「へ、へえ……、どうなってるんで……」

頬に傷のある男が目を白黒させて言い、酒徳利と湯飲みを持って、恐る恐る久吾に渡した。

「河原へ出よう。良い場所がある」

「分かりました」

言われて矢十郎は答え、気絶している淳の刀を納めてやり、肩に背負い上げた。

そして久吾に案内されながら、一緒に境内を出て河原へ向かった。

「いい度胸だな。女を担いで、俺の右手を歩くとは」

「あなたは私を斬りはしない」

「なぜ」

「この女の人を斬らなかったし、菜美さんを呼び捨てにしていない」

「ふん、甘いが、若いのに大した器だな。山尾藩の家臣か」

「いえ、私は皆川藩です。十八歳で、名は響矢十郎。菜美さんが江戸へ来る途中、山賊から助けて道連れに」

「そうか……、ここらで良かろう」

久吾は言い、川を見下ろす堤に腰を下ろした。

矢十郎も傍らに淳を横たえ、草の上に座った。彼が一つの湯飲みを差し出したので受け取ると、なみなみと酒を注がれた。

「大丈夫ですか」

「なにが」

「顔色が悪いです。酒は良くないのでは」

「要《い》らぬ世話だ」

久吾は言い、ぐいと一口飲んだので、矢十郎も飲んだ。

「お前はどんな暮らしをしてきた」

「はあ、五男坊ですが、兄がどんどん養子へ行っても、飯の量は増えませんでした。役職のない無駄飯食らいです」

「ふん、だが雨風がしのげる家の中で、のうのうと暮らしていたのだろう。俺は父の代から、ほとんど野宿だ。つまらぬ疑いで改易《かいえき》になり、あとは浪々の身でな、父が旅先で死んでから、ようやく山尾藩に拾われた。雇われ師範代だが、辛抱すれば正式な家臣になれると思った」

「そうですか……」

「剣の腕では、藩士たちの尊敬も集め、俺もその土地に骨を埋めようと思った。所帯を持ちたくて、女に惚れるぐらい、どうして悪い」

「悪くないです」

「ああ、だが、その女には許嫁がいた。死ぬ思いで諦め、二人が祝言を挙げたので、後日祝いに行った。だが、悪し様《あざま》に罵《ののし》られた。やれ根無し草のくせに、虫けら浪人の分際で、などと言われ、まだ菜美に懸想しているだろう、薄汚い、と祝いの品を投げ返されたのだ」

「それはひどい……」

「かっとなって一刀のもとに斬ってしまった。菜美さんを攫《さら》いたいとも思ったが、他のものが大勢出てきてどうにもならず、ひたすら逃げてきたのだ」

「そうだったのですか」

「江戸へ来て、しばらくは剣で身を立てようとあちこちの道場を回ったが、運の悪いことに肺腑《はいふ》を患《わずら》った。長いこともなかろうから、破落戸と面白おかしく暮らそうとしたが、菜美さんが江戸へ来たなら討たれても良い」

「え……？」

「大柄なお前に斬られるのは御免だが、菜美さんにならこの命くれてやる」

「私は、出来れば仇討ちを止めさせたいのです。あの人も、山尾藩には身寄りがないと言うし……」

「武家は、そういうわけにいかぬだろう。お前、菜美さんと出来ているな。構わぬ、あの人に伝えろ。まだ遊ぶ金が残っているから、そう、三日後だ。明け六つ（日の出少し前頃）にこの場所で」

久吾は言うなり酒を飲み干し、空の湯飲みを川へ投げて立ち上がった。そして徳利から直飲みしながら、ふらふらと境内へと戻っていった。

二

「ああーッ……！　悔しい……！」

息を吹き返した淳が、声を震わせて涙ぐんだ。

河原で、矢十郎が湯飲みの酒を口移しに飲ませ、ようやく蘇生《そせい》した途端、自分が負けたことを思い出したようだ。

そして今にも古寺へ殴《なぐ》り込みに行きそうな勢いなのを押さえつけ、何とか宥《なだ》めながら川沿いに歩きはじめた。

「あの男は、どうしたのだ……」

「話をしました」

「なに、私が倒されたというのになぜ暢気《のんき》にそのような……」

「あの人にも事情があります」

「どんな事情だ！」

「これから、菜美さんのところへ行って話しますので」

「よし、ならば私も行こう」

淳は言い、矢十郎と一緒に玄庵の家へ向かった。峰打ちされた脾腹も、肋骨の損傷などはなく、軽い打撲《だぼく》で済んだようだった。

やがて二人は玄庵の家に着いた。また玄庵は不在で、菜美だけがいた。

「まあ……」

菜美は矢十郎の来訪に顔を輝かせたが、すぐに、一緒に庭に入ってきた淳を見て表情を硬くした。それは淳も、最初から睨むような目つきをして彼女を窺《うかが》っていたからだろう。

「菜美さん、こちらは道場で知り合い、玄庵先生とも懇意の鷹山淳さんです。大森久吾を捜し出してくれました」

矢十郎は淳を紹介した。

「本当ですか……、どうぞ、とにかくお上がり下さいませ」

驚きに目をみはりながら、菜美は言い、二人も縁側から上がり込んだ。

菜美も、私用で相談するのだからと、最初から自分が借りている離れに二人を通した。

矢十郎と淳は大刀を置いて座り、その前に菜美も緊張気味に端座した。

「まず、決まったことを言います。三日後の明け六つ、神田の外れの河原で果たし合いとなりました」

「で、では、矢十郎さんも会ったのですね、大森に」

「会って話しました」

矢十郎は言い、久吾と会った経緯を話し、淳も自分が気を失ってからの内容に耳を傾けた。

「そうですか……」

菜美の亡夫に罵倒された段になると、彼女は沈鬱《ちんうつ》な面持ちになり、淳も、それまでの敵対心が微妙に変化したように思えた。

「確かに、うちの人は酒に弱く、それぐらいのことは言ったかも知れません……」

菜美が言った。あの晩は、多くの祝い客と一緒に飲み、一同が帰った矢先の出来事だったようだ。

まして菜美も浪人の子として、思うところは多々あるのだろう。

「それで、どうします。労咳《ろうがい》らしく、だいぶ顔色も悪いです。菜美さんに討たれてやると言っていますが」

矢十郎が菜美の顔色を窺って言うと、淳が口を開いた。

「分かるものか。土壇場で死ぬのを嫌がり返り討ちにしてこよう。あるいは、惚れた女と無理心中だ」

「その恐れも、確かにあります。どちらにしろ私も行きますが」

「私も行く。乗りかかった船だ」

矢十郎が言うと、淳も言った。

「有難うございます。でも、尋常な勝負をしたいです」

「そんな無茶な。相手は相当な手練《てだ》れだぞ」

菜美の言葉に、淳が呆れたように言った。自分でも敵わなかったのである。

「一緒に死にたいのですか。そうか、山尾へ帰りたくないのですね？　ならば仇討ちなど止めて、江戸で平穏に暮らすと良いです」

矢十郎は、自分の一番の願いを言った。

「それは、急に仰《おつしや》られても……、確かに、ここへ来てから心和《なご》む毎日ですけれど」

菜美が顔を伏せて答えた。

やはり浪人の身とはいえ、長年武家の娘として育ち、亡父の念願が叶って藩士に嫁いだのだから、最後まで筋を通したい気持ちがあるのだろう。

「ならば、まだ日もあるから玄庵先生にも相談すると良い。あの先生は、実に親身に最良の答えを出してくれよう」

「はい」

淳の言葉に、菜美も素直に頷いた。最初は怖いと思っていた男装の女丈夫《じょじょうふ》も、案外優しいので安心したようだった。

「確かに、情交を覚えたての後家が快楽を知れば、今の暮らしにも執着しよう」

「は……？　それはどういう意味でございましょう」

菜美が、頬を強ばらせて聞き返した。

「ありのままを申したまで。先ほど、矢十郎殿が来た折の喜びようは、仇討ちをする武家女の顔ではない」

「鷹山様と仰いましたか。それはあまりに失礼な物言いでございましょう」

「怒らせるために言ったのではない。まだまだ快楽の麓《ふもと》しか知らぬようなので、頂《いただき》を教えてやりたくなった」

「え……？」

「矢十郎殿、床を敷いて下さい。三人で行ないましょう」

淳が言うなり、いきなり菜美ににじり寄ると、その肩を抱き締めて唇を奪ってしまった。

（うわ、すごい……）

矢十郎は、女同士の口吸いを見て急激に欲情した。以前から男装を好む淳は、このように同じ女にも淫気を覚えるようだった。

「ク……、ンンッ……！」

菜美は眉をひそめ、呻きながら懸命に逃れようとした。何をされているかも把握できないほど混乱し、もがくにも力が入らないようだ。

矢十郎も、淳の淫気が伝染したように立ち上がり、手早く菜美の匂いの染みついた布団を敷き延べてしまった。

すると淳は、巧みに菜美の帯を解いていった。

矢十郎も手伝い、どんどん紐を解いて乱れた着物を脱がせ、乱暴にならぬよう気をつけながら長襦袢に腰巻をはぎ取り、とうとう肌襦袢まで脱がせ一糸まとわぬ姿にさせて横たえた。

そして矢十郎も手早く全裸になって添い寝し、淳の代わりに菜美を押さえ、唇を奪うと、その間に淳も急いで全て脱ぎ去ってしまった。

真ん中に菜美を横たえ、二人で挟むように肌を密着させ、同時に左右の乳首に吸い付いた。

さらに淳は、菜美の肌のあちこちを探り、陰戸《ほと》にも指を這わせていった。

「アアッ……、い、一体なにをするのです……！」

菜美は混乱と戸惑いに声を震わせたが、淳の絶妙な愛撫を受け、次第に否応なく反応するようにクネクネと身悶《みもだ》えはじめた。やはり感じるツボは、さすがに女同士の方が熟知しているのだろう。

矢十郎は乳首を吸い、柔らかな膨らみに顔中を押しつけて舌で転がしながら、久々の菜美の肌の匂いと、淳の甘い息の両方を感じて勃起した。

さらに腋の下に顔を埋め、腋毛に鼻をこすりつけ、濃厚に甘ったるい汗の匂いで胸を満たしてから、滑らかな肌を舐め下りていった。

もがく脚を押さえつけて舌を這わせ、足裏を舐め、湿って蒸れた匂いを籠もらせる指の股を嗅いでから爪先にしゃぶり付いた。

「ああ……、ど、どうか……、やめて……」

菜美が身をくねらせて喘ぐが、上半身を淳がしっかり押さえつけ、両の乳首を吸って陰戸を探っているから力が入らないようだ。

矢十郎は両足とも存分にしゃぶり尽くしてから股を開かせ、腹這いになって顔を進めていった。

すると淳が指を離してくれ、濡れた陰戸が彼の鼻先に開かれて迫った。

はみ出した陰唇は興奮に濃く色づき、ヌメヌメと溢れる蜜汁にまみれ、黒々とした恥毛の下の方まで雫《しずく》を宿していた。

顔を埋め込み、柔らかな茂みに鼻をこすりつけて嗅ぐと、もう月の障りは終わったようだが、いつになく体臭が濃く、甘ったるい汗の匂いとゆばりの刺激が鼻腔を搔き回してきた。

舌を這わせると淡い酸味のヌメリが大量に溢れ、彼は息づく膣口から突き立ったオサネまで舐め上げていった。

「ンンッ……！」

菜美がヒクヒクと下腹を波打たせて呻くので、舐めながら目を上げると、彼女は再び淳に唇を奪われ、美女同士で熱い息を混じらせていた。頰の蠢きからすると、どうやら舌もからみついているようだ。

矢十郎は艶めかしく強烈な眺めに興奮しながらオサネを吸い、さらに脚を浮かせ、白く丸い尻の谷間にも顔を押しつけていった。

可憐な薄桃色の蕾に鼻を埋め込み、顔中をムッチリとした双丘に密着させて弾力を感じ、秘めやかな微香を嗅いでから舐め回した。

「ク……！」

ヌルッと舌を押し込むと、菜美は淳の舌に強く吸い付いて呻き、同時にキュッと彼の舌先を肛門で締め付けてきたのだった。

三

「ああッ……、もう駄目……」

菜美が声を上ずらせ、絶頂を迫らせたように身悶えた。少なくとも、女に愛撫される抵抗感は、どこかへ吹き飛んでしまったようだった。

矢十郎が彼女の股間から這い出すと、淳が場所を空けて、彼を真ん中に仰向けにさせた。

「さあ、では今度は二人で若い男を食べましょうね」

淳が言い、美女二人が矢十郎を左右から挟み付けてきた。

彼女が矢十郎の右の乳首に吸い付くと、対抗するかのように、すぐに菜美も反対側の乳首に舌を這わせてきた。

「アア……」

矢十郎は、ゾクゾクする快感に喘いだ。まさか自分の人生で、二人の美女の愛撫を同時に受ける日が来るなどとは夢にも思っていなかったのだ。

二人とも彼の肌を熱い息でくすぐり、チロチロと舌を小刻みに這わせてはチュッと強く吸い付き、時には歯も立ててくれた。

矢十郎はクネクネと蠢き、喘いで反応するたびに二人は面白がるように愛撫が強まった。

そして充分に両の乳首を味わい尽くすと、二人は肌を舐め下り、交互に臍《へそ》を舐め、下腹から太腿へと下りていった。まるで申し合わせたように二人の息はぴったりと合い、彼の脚を舌でたどった。

やがて足首まで行くと、いつも矢十郎がするように、二人は厭《いと》わず彼の足裏をペロペロと舐め、爪先にもしゃぶり付いてきたのだ。

「あうう……、どうか、そのようなことは……」

矢十郎は、申し訳ないような快感に呻き、二人の口の温もりの中で、唾液にまみれた指先を縮めた。まるで温かな泥濘《ぬかるみ》でも踏むような快感で、二人も順々にヌルッと指の間に舌を割り込ませてきた。

「ああッ……！」

彼は甘美な快感に喘ぎ、やがて二人もしゃぶり尽くし、今度は大股開きにさせた脚の内側を舐め上げてきたのだった。

内腿にも二人はキュッと歯を食い込ませ、刺激を与えてくれた。

そして頬を寄せ合って股間に迫ると、淳が先に彼の脚を浮かせ、肛門に舌を這わせてきたのである。

「く……！」

ヌルッと舌先が潜り込むと、矢十郎は息を詰めて呻き、肛門で美女の舌を締め付けて快感を味わった。内部でクネクネと舌が蠢き、引き抜けると、すかさず菜美の舌も侵入してきた。微妙に感触や温もりが異なり、そちらも彼はモグモグと肛門を収縮させて噛み締めた。

やがて二人は充分に彼の肛門を舐め、尻の丸みを噛み、脚を下ろしてくれた。

そして頬を寄せ合い、一緒になってふぐりにしゃぶりついてきたのだ。

「アア……」

ここも、身体の芯が震えるような快感だった。まして男の急所を、二人の美女に貪られるのは実に妖しい心地だった。

二つの睾丸が舌で転がされ、混じり合った熱い息が一物の裏側をくすぐった。

やがて袋全体が温かな唾液にまみれると、いよいよ二人の舌先は肉棒を舐め上げ、同時に鈴口から滲む粘液を舐め取ってきた。

さらに張りつめた亀頭がしゃぶられ、二人の舌が幹を何度も往復した。

そして先に淳がスッポリと喉の奥まで呑み込み、温かく濡れた口腔を締め付けて舌をからめ、チューッと吸い付きながらスポンと離した。

すかさず菜美も同じように深々と含み、舌を蠢かせながら吸ってくれた。

これも口の中の感触や温もりが違い、それぞれの愛撫に矢十郎は激しく高まっていった。

一物は美女たちの混じり合った唾液にネットリとまみれ、絶頂を迫らせてヒクヒクと震えた。

果ては二人が同時に舌をからめて半分ずつ吸い、もう菜美も女同士の舌が触れ合っても何の抵抗感もないほど、妖しい雰囲気に呑まれているようだった。

「い、いってしまう……、アアッ……！」

警告を発しても二人は取り憑かれたように肉棒をしゃぶり続け、とうとう矢十郎は身悶えながら絶頂に達してしまった。

「く……！」

突き上がる大きな快感に呻きながら、彼は熱い大量の精汁をドクンドクンと勢いよくほとばしらせてしまった。

「ンン……」

ちょうど含んでいた淳が受け止め、熱く鼻を鳴らして吸い付き、途中で菜美と交替した。菜美も余りの精汁を吸い出し、喉を鳴らして飲み込んでくれた。

さらに口を離し、二人で一緒に鈴口を舐め回し、滲む雫まで丁寧にすすってくれたのである。

「あうう……」

交互に吸い付かれ、矢十郎は過敏に反応しながら呻いた。

やがて二人で全て綺麗にすると顔を上げ、淫らに舌なめずりしながら左右に添い寝してきた。

「ああ……、気持ち良かった……」

矢十郎は、呼吸を整えながら言った。

「そうでしょう。次は私たちの番……」

淳が囁き、左右から彼に柔肌を密着させてきた。

もちろん矢十郎は、すぐにもムクムクと回復していった。何しろ、二人の美女の相手をいっぺんにするなど、今後一生ないかも知れないのだ。

淳が伸び上がるようにして、彼の顔に乳房を押しつけてきた。すると菜美も負けてはおらず、同じように反対側から柔らかな膨らみを密着させた。

「むぐ……」

矢十郎は心地よい窒息感に呻きながら、それぞれの乳首に吸い付いた。

顔中にそれぞれの膨らみが押しつけられるので、まるで搗《つ》きたての餅に捏《こ》ね回されているような心地だ。

どちらの乳首も色づいてツンと硬く突き立ち、甘ったるい汗の匂いも、二人の胸元や腋から馥郁と漂ってきていた。

やがて全ての乳首を舐め尽くし、さらに自分からそれぞれの腋の下にも顔を埋め、腋毛に染みついた体臭を貪った。どちらも甘ったるく濃厚な匂いで、その刺激に彼も急激に元の大きさを取り戻した。

すると淳が身を起こし、彼の顔に股間を迫らせてきたのだ。

「いい……？」

淳は、矢十郎ではなく菜美に断わり、彼の顔に跨がってきた。

矢十郎も、鼻先に迫る淳の陰戸を見上げ、腰を抱き寄せて柔らかな茂みに鼻をこすりつけた。

隅々には、やはり濃厚な汗の匂いと残尿臭が入り交じって籠もり、彼は胸を満たしながら、熱く濡れた陰戸を舐め回した。舌を伝い、淡い酸味の蜜汁がトロトロと流れ込み、彼は飲み込みながらオサネに吸い付いた。

「アア……、いい気持ち……」

淳がうっとりと喘ぎ、グイグイと彼の鼻や口に股間を擦りつけてきた。

矢十郎は顔中淫水にまみれながら舌を動かし、さらに尻の真下にも潜り込み、谷間に鼻を押しつけていった。

秘めやかな微香を嗅ぎ、舌先で蕾を舐め回し、中にもヌルッと潜り込ませた。

「あう……、もっと……」

淳が、モグモグと肛門で彼の舌先を締め付けながら呻いた。女二人だと、競い合う気持ちが湧くのか、通常よりずっと感じるようだった。

やがて淳の前も後ろも存分に舐め尽くすと、彼女は移動し、茶臼《ちやうす》（女上位）で一物に跨がってきた。

一気に腰を沈め、股間を密着させると、

「アアッ……、いい……！」

淳は顔をのけぞらせて喘ぎながら、傍らの菜美を抱き寄せた。

すると誘導されながら、菜美も矢十郎の顔に跨がり、互いの乳房をまさぐり、女同士で唇を重ねたのだ。

矢十郎は、再び菜美の陰戸を真下から舐め、悩ましい匂いに噎《む》せ返った。

顔と股間に美女の重みを受け止めるのだから、これもなかなか経験できないことだろう。

「い、いく……、ああーッ……！」

腰を使いながら、あっという間に淳が気を遣ってしまった。

矢十郎は、射精したばかりだから、辛うじて暴発を免《まぬか》れた。やがて淳は、すっかり満足して力を抜き、菜美に支えられながらゆっくりと股間を引き離し、彼に添い寝してきた。

すると続いて菜美が跨がり、淳の淫水にまみれた肉棒を、陰戸に深々と受け入れていったのだ。

「ああ……、奥まで、感じる……！」

菜美も根元まで貫かれ、彼の股間に座り込みながら喘いだ。

矢十郎は菜美を抱き寄せ、ようやく本格的にズンズンと股間を突き上げはじめた。

すると、荒い呼吸を繰り返している淳も、横から密着してきたのだった。

四

「き、気持ちいい……、すぐいきそう……」

自ら腰を動かしながら、菜美が息を弾ませて喘いだ。

矢十郎も下からしがみつき、股間を突き上げて肉襞の摩擦とヌメリを味わった。

そして菜美を抱き寄せ、唇を重ねると、横から淳も舌を伸ばして割り込んできたのだった。

彼は、美女たちの舌をそれぞれに舐め回し、混じり合った生温かな唾液でうっとりと喉を潤した。

二人分の美女の吐息に顔中が湿り気を帯び、菜美の甘酸っぱい匂いと、淳の花粉臭の息が、それぞれの鼻腔を悩ましく刺激し、矢十郎は美女たちの口の匂いで胸を満たした。

「唾を、もっと……」

二人同時に舌をからめてから矢十郎がせがむと、先に淳が形良い唇をすぼめ、トロトロと白っぽく小泡の多い唾液を滴らせてくれた。

それを舌に受けると、菜美もすぐにクチュッと清らかな唾液を垂らしてきた。

二人の生温かな唾液を味わい、芳香を含んだ小泡を舐め回し、うっとりと飲み込むと甘美な悦びが胸に染み渡っていった。

それを見ると、淳も菜美もさらに多くの唾液を口移しに注ぎ、なおも執拗に舌をからませた。

矢十郎は美女たちの混じり合った唾液で喉を潤し、すっかり酔いしれながらズンズンと股間を突き上げ、菜美の柔襞の摩擦に高まっていった。

「アアッ……！」

すると菜美も熱く喘ぎ、突き上げに合わせて激しく腰を使った。大量の淫水が溢れてクチュクチュと鳴り、矢十郎は二人分の唾液を味わい、かぐわしい息を嗅いで急激に高まった。

「ああッ……、い、いく……！」

と、先に菜美が声を震わせて言い、いきなりガクンガクンと狂おしい絶頂の痙攣を開始した。

矢十郎もしがみつきながら動き続け、心地よく収縮する膣内であっという間に昇り詰めてしまった。

「あう……、気持ちいい……！」

矢十郎は突き上がる快感に呻き、熱い精汁を勢いよく噴出させた。

「アア……、もっと……！」

奥深い部分を直撃され、菜美は駄目押しの快感を得たように口走り、いっそう強くキュッと締め上げてきた。

彼は魂まで吐き出すような快感に身悶え、最後の一滴まで出し尽くした。

菜美も自ら大胆に腰を使い続け、全て吸い取るように収縮させ、やがて力尽きグッタリと彼にもたれかかってきた。

「ああ……！」

菜美は何度も突き上がる快感に声を洩らし、ビクッと身を強ばらせた。

淳もそれを見守り、横から肌をくっつけたまま、まるで菜美の快楽が伝わったかのように恍惚の表情をしていた。

矢十郎は、締まる膣内に刺激されてヒクヒクと幹を震わせ、二人の混じり合ったかぐわしい吐息を間近に嗅ぎながら鼻腔を湿らせ、うっとりと快感の余韻を噛み締めたのだった……。

——三人は全裸のまま、裏の井戸端へ行って身体を洗い流した。

夏は行水も出来るように、周囲には葦簀《よしず》も立てかけられ、裏の垣根の向こうは隣家の蔵だから、別に通る人もなかった。

水を弾く二人の肌を見ていると、またもや矢十郎はモヤモヤと淫気を湧き上がらせてしまった。やはり部屋の中と、午後の日差しを浴びた外で見る女体は、また違う趣《おもむき》があるものだ。

「ねえ、こうしてください……」

矢十郎は簀《す》の子《こ》に座り込み、二人を左右に立たせて言った。

そして左右の肩を、それぞれ二人に跨がらせた。どちらを向いても陰戸と、水に濡れた茂みがある。

「いったい何を……？」

菜美が、羞恥に身をくねらせて小さく訊いてきた。やはり屋外は、相当に恥ずかしいようだ。

「ゆばりを放って下さい。肌に浴びてみたいのです」

「まあ、そのようなこと……、出来ません、断じて……」

矢十郎が言うと、菜美が驚いたようにビクリと立ちすくんだ。

しかし、淳の方は動じることもなく、引き締まった下腹に力を入れはじめてくれた。

「構いません。ちょうど出したいと思う頃でした」

淳が言ってのけたので、さらに菜美は驚いたようだ。

あるいは淳は、かつてこうした経験をしているのかも知れないと矢十郎は思った。

そして淳がその気になり、股を開いて立ったまま下腹を突き出し息を詰めたので、菜美も対抗意識からか、同じように股間を突き出してきた。

矢十郎は期待に激しく勃起し、それぞれの肩を跨いで股間を寄せる二人の陰戸と、懸命に尿意を高めようとする表情を見上げながら胸を高鳴らせた。

やがて間もなく、やはり淳の方が願いを叶えてくれた。

「あう……、出る……」

淳が息を詰めて小さく言うなり、割れ目内部の柔肉が迫り出すように盛り上がり、淫水とは違う流れがポタポタと滴り、すぐにチョロチョロとした一条の流れになっていった。

緩やかな放物線を描くそれは、ほんのりと白い湯気を立ち昇らせ、淡い匂いを漂わせながら矢十郎の右肩に降り注がれてきた。

それは水を浴びた直後で冷えた肌に温かく、何とも心地よかった。

美女の出したものはほのかな匂いを揺らめかせ、胸から腹を伝い流れ、勃起した一物を温かく浸してきた。

「アア……」

すると、追いつくように菜美が声を震わせ、同じようにチョロチョロと放尿しはじめてくれた。

やはり淳が出し終えたあとだと、出すのは叶わぬと思い、必死に急いだのだろう。

そちらも温かく、ほのかな匂いが可愛らしかった。

矢十郎は美女たちのゆばりを浴びながらうっとりと酔いしれ、とうとう淳の流れに顔を向け、舌に受け止めてしまった。

しかし思っていた以上に味わいは淡く、飲み込むのに何の抵抗も感じられないほどだった。

それも淳は慈《いつく》しむように見下ろし、菜美は目を閉じろくに見ていないようだった。

矢十郎は、美女から出たものを飲み込む悦びに陶酔し、反対側の菜美の流れにも舌を伸ばした。

こちらも実に抵抗なく喉に流し込むことが出来、すぐにも流れが弱まったので直に割れ目に口を押しつけてしまった。

「アッ……、何をなさいます……！」

菜美が気づき、咎《とが》めるように声を上げた。

しかし逃げられぬよう矢十郎は二人の太腿に手を巻き込んで引き寄せ、出なくなるまで菜美のゆばりを飲み込んでしまった。

「ああ……、駄目……」

菜美は朦朧《もうろう》となって言い、全て出し切ってぷるんと下腹を震わせた。

淳の方も出し切り、点々と雫が滴るばかりだった。矢十郎は二人の陰戸を舐め、余りの雫をすすり、突き立ったオサネを舐め回した。

「アア……」

二人もすっかり喘ぎはじめ、たちまち溢れる淫水の淡い酸味が、ゆばりを洗い流すように割れ目内部を満たしていった。

やがて二人が立っていられないほど身を震わせはじめたので、矢十郎はいったん顔を離し、三人でもう一度身体を洗い流した。そして身体を拭き、また全裸のまま三人で離れへと戻っていったのだった。

五

「やあ、早いな」

矢十郎は、藩邸にある侍長屋を訪ねてきた朱実を迎えて言った。朝餉を終え、少し休憩していたところだ。

「ええ、朝一番でお届け物があったものですから」

朱実は嬉しそうに言い、彼に誘われるまま悪びれず上がり込んできた。藩邸に、頼まれていた紙と墨などを届けに来たが、用も済んだので、矢十郎の部屋を訪ねてきたようだ。

「あれから怖い目には遭っていないか?」

「はい、大丈夫です」

「そうか、それならいい」

矢十郎は、愛くるしい朱実を見ているうち、激しく欲情してきてしまった。

そこで、たたんだばかりの布団を手早く広げ、着流しを脱ぎはじめてしまった。

「まあ、大丈夫なのですか……、お屋敷の中で……」

朱実は、頬を染めながらも心配そうに訊いてきた。

「ああ、誰も来ないよ。さあ、脱いでくれ」

矢十郎は、先に全裸になり、激しく勃起させながら横になった。

他の藩士たちは、国許から出てきた矢十郎には、それほど興味を示さず、気ままに今まで通りの暮らしをしているだけだった。矢十郎は少し拍子抜けしたものの、だからこそ勝手に歩き回れるのだった。

もちろんたまには文庫《ふみぐら》に入って書物に目を通したりするが、実際に江戸の町を歩き回る方が、ずっと見聞が広まるのである。

朱実もその気になり、すぐに帯を解いて着物を脱ぎはじめてくれた。

衣擦《きぬず》れの音とともに、たちまち狭い室内に美少女の甘ったるい匂いが生ぬるく立ち籠めはじめていった。

彼女も手早く一糸まとわぬ姿になり、羞じらいながら添い寝してきた。

矢十郎は、また甘えるように腕枕してもらい、乳房に顔を迫らせた。相手が年上でも年下でも、まず彼は女に抱かれ甘い体臭に包まれ、乳首に吸い付くのが好きなのだった。

薄桃色の可憐な乳首を含み、チロチロと舌で転がしながら、柔らかな膨らみに顔中を押しつけた。そしてもう片方の膨らみにも手を這わせ、指の腹で乳首を探ると、

「アア……」

朱実はすぐにも喘ぎはじめ、クネクネと身悶えた。

矢十郎は移動してのしかかり、左右の乳首を交互に吸い、充分に味わってから腋の下に顔を埋め込んだ。愛らしい和毛に鼻をこすりつけると、甘ったるい汗の匂いが鼻腔を満たしてきた。

彼は何度も鼻を鳴らして美少女の体臭を嗅ぎ、やがて脇腹を舐め下り、張りのある腹部に舌を這わせ、可愛らしい臍を舐め回した。

「あん……、駄目、くすぐったいです……」

朱実がか細く声を震わせて喘ぎ、腰をよじらせた。臍ばかりでなく、左右の腰骨の辺りも相当に感じてしまうようだ。

彼は下腹からムッチリとした太腿に移動し、健康的にニョッキリとした脚を舐め下りていった。丸い膝小僧から滑らかな脛《すね》をたどり、足首まで下りて足裏にも満遍なく

舌を這わせた。

「ああッ……、今日はいっぱい歩いて、汚いですから……」

朱実は喘ぎながら言い、脚をガクガクと震わせた。

指の股に鼻を割り込ませると、やはり今日もそこは汗と脂に生温かく湿り、蒸れた芳香が濃く籠もっていた。

矢十郎は足の匂いを貪り、爪先にしゃぶり付いて全ての指の股に舌を潜り込ませて味わった。

「あう……！」

朱実が呻き、彼の口の中で爪先を縮めた。

矢十郎はしゃぶり尽くし、もう片方の足も充分に貪ってから、彼女をうつぶせにさせた。そして踵《かかと》から脹《ふく》ら脛《はぎ》、ほんのり汗ばんだヒカガミを舐め上げ、太腿から尻の丸みをたどっていった。

腰はやはり感じるようで、彼女は腹這いのままクネクネと尻を動かした。

彼は淡い汗の味を舐めながら、背中から肩まで行き、甘い髪の匂いを嗅ぎ、耳を噛み、うなじから再び這い下りていった。脇腹にも寄り道し、尻の丸みに顔を埋め指でぐいっと谷間を広げた。

可憐な薄桃色の蕾に鼻を埋め込むと、顔中にひんやりした双丘が密着した。

秘めやかな微香を嗅ぎ、舌先でチロチロと蕾を舐めると、

「アアッ……！　い、いけません……」

彼女がキュッと蕾を引き締めて喘いだ。

それを執拗に舐め、充分に濡らしてからヌルッと舌先を潜り込ませ、出し入れさせるように動かした。

そして充分に美少女の肛門を舐め、粘膜のヌメリと引き締めを味わってから、彼は顔を引き離した。やがて彼は添い寝して仰向けになり、彼女を上にさせた。

「顔に跨がって」

「またですか……、困ったわ……」

言うと、朱実は息を弾ませながら本当に困ったように言い、それでも促されてノロノロと身を起こした。矢十郎が手を引くと、彼女はためらいがちに彼の顔に跨がり、股間を迫らせてきた。

鼻先に陰戸が迫り、熱気と湿り気が顔中を包み込んだ。

すでに割れ目からはみ出した花びらはネットリとした露《つゆ》を宿し、今にもトロリと滴りそうなほど雫を膨らませていた。

腰を抱き寄せ、柔らかな若草に鼻を埋め込むと、生ぬるい汗とゆばりの匂いが鼻腔を刺激してきた。

矢十郎はクンクンと犬のように鼻を鳴らして何度も嗅ぎ、美少女の匂いで胸を満たし、舌を這わせて淡い酸味の蜜汁をすすった。

「ああン……！」

膣口からオサネまで舐めると朱実が熱く喘ぎ、思わずギュッと彼の顔に股間を押しつけてきた。

もちろん矢十郎は腰を押さえて離さなかったが、彼女も武士の顔に座っているわけにいかないので、左右に両膝を突いて上体を倒し、彼の顔の上で四肢を縮めてしまった。

矢十郎は執拗にオサネに吸い付いては溢れるヌメリを舐め取り、さらに指で、生娘でなくなったばかりの膣口に浅く差し入れ、熱く濡れた側面をクチュクチュと小刻みに擦った。

「アア……、いい気持ち……」

朱実も次第に快感に朦朧となり、喘ぎながら正直な感想を口走った。

「ねえ、朱実。ゆばりを出してごらん」

「え……？　そ、そんなこと、無理です……」

真下から矢十郎が言うと、朱実が息を呑んで答えた。

彼女は冗談と思ったようだが、彼は先日の行為以来、女体から出たものが欲しくて堪《たま》らなくなっていたのだ。

矢十郎は指を差し入れ、膣内の天井を指の腹で圧迫しながらオサネを吸った。

「ああッ……、駄目、感じすぎます……」

「さあ、何とか出して。ほんの少しでもいいから」

朱実が喘ぎ、彼も執拗に指と舌を這わせてせがんだ。

淫水の方は大人顔負けにトロトロと溢れ、彼の顔に覆いかぶさる下腹もヒクヒクと小刻みに波打っていた。

指を引き抜き、本格的に柔肉に吸い付くと、淫水の味わいと温もりが変化した。

「あうう……、本当に、出ちゃう……」

朱実が息を詰めて呻き、そのままポタポタとゆばりの雫が滴り、とうとうチョロッと流れ出てきた。

矢十郎は嬉々として口に受け、噎せないよう注意しながら喉に流し込んだ。ほんのりとした味と匂いは実に淡く控えめで、飲みやすかった。

しかし、あまり溜まっていなかったのだろう。僅かに出ただけで、間もなく流れは治まってしまった。

矢十郎はなおも舌を差し入れて余りの雫をすすり、柔肉を舐め回した。すると再び大量の蜜汁が溢れ、舌の動きをヌラヌラと滑らかにさせた。

「も、もう、どうか堪忍して下さいませ……」

朱実が息も絶えだえになって哀願し、絶頂を迫らせながら腰を震わせた。

ようやく矢十郎も舌を引っ込め、彼女の身体を下方へと押しやっていった。

朱実も素直に移動し、彼が勃起した一物を突き出すと、すぐに先端にしゃぶり付いてくれた。

矢十郎が四肢を投げ出して愛撫に身を委ねると、朱実も鈴口を舐め回してヌメリを拭い、亀頭を含んで吸い付いてきた。

熱い息が股間に籠もり、さらに喉の奥まで呑み込まれると、一物全体は美少女の温かな口腔に包まれ、清らかな唾液にまみれた。

朱実はネットリと舌をからめ、笑窪《えくぼ》の浮かぶ頬をすぼめてチューッと強く吸い付きながらスポンと引き抜いた。そしてふぐりにもチロチロと舌を這わせて二つの睾丸を転がし、充分に愛撫してくれた。

矢十郎は充分に高まり、彼女の手を引いて一物に跨がらせた。

「さあ、自分で入れてごらん。どうしても痛かったら、動かなくても良い」

言うと朱実はためらいがちに跨がり、唾液に濡れた先端を自らの膣口に押し当て、息を詰めて腰を沈み込ませてきた。

張りつめた亀頭がヌルリと潜り込むと、あとはヌメリと自分の重みで、朱実はヌルヌルッと一気に根元まで受け入れてしまった。

「アアッ……！」

彼女は眉をひそめ、顔をのけぞらせて喘いだ。

中は熱いほどの温もりと潤いが満ち、キュッときつく締め付けてきた。矢十郎は快感を噛み締め、やがて身を重ねてきた彼女を抱きすくめた。

様子を見ながらズンズンと股間を突き上げると、

「あう……」

彼女は呻きながらも、初回よりは痛みも和らいだように腰を使って応えてくれた。

矢十郎は快感に任せて動きながら、美少女の口から洩れる甘酸っぱい果実臭の息を嗅ぎ、唇を重ねていった。

「ンン……」

朱実も熱く息を弾ませて、チュッと強く彼の舌に吸い付いてきた。

たちまち肉襞の摩擦に包まれ、矢十郎は大きな絶頂の渦《うず》に巻き込まれてしまった。

快感とともに、ありったけの熱い精汁がドクドクと内部にほとばしると、そのヌメリでさらに律動が滑らかになった。

「ああ……、熱い……」

噴出を感じた朱実が喘ぎ、矢十郎は心置きなく出し尽くして動きを弱め、美少女のかぐわしい息を嗅ぎながら余韻に浸り込んだのだった。

第五章　熟《う》れた果肉の熱き蜜汁

一

「まあ、響様ではありませんか……」

町を歩いていると、朱実の母親、志摩が矢十郎に声を掛けてきた。どこかへ届け物に行った帰り道らしい。

「やあ、こんにちは」

矢十郎も笑顔で挨拶《あいさつ》を返したが、すでに何度か朱実と情交しているので、何となく後ろめたかった。

「どちらへ？」

「はあ、当てもなく歩いているだけです。藩邸に籠《こ》もっていてもつまらないので」

「それなら、また朱実にご案内させましょうか」

「いいえ、気ままな散策ですので、どうかお気遣いなく」

矢十郎が言うと、志摩は一緒に歩きはじめた。

「響様は、お国許に、もう決まった方がいらっしゃるのですか？」

「とんでもない。婿《むこ》養子の口がなくて、いつまでも兄の世話になっておりました」

「そう、江戸ならば引く手あまたでしょうに」

「そんなことないです」

「大きくて逞《たくま》しいわ……」

志摩は溜息混じりに言い、無遠慮に彼の横顔を見た。町人でも、家付き娘の女将《おかみ》となると度胸もあり、武家などにも気後れしないようだ。

矢十郎は、彼女の言葉を淫《みだ》らな方面に解釈し、むらむらと股間が熱くなってきてしまった。

すると志摩も、彼の顔が赤くなったのを見て取ったか、からかうように声を潜《ひそ》めてきた。

「もしかして、まだ無垢《むく》ですね？　いけませんよ、江戸には誘惑が多いですから、いかがわしい場所へ行かれては」

ほんのりと白粉《おしろい》に似た甘い息を感じ、矢十郎はますます耳が火照《ほて》ってしまった。

「い、行きません、そのようなところには……」

「それがよろしいわ。でも、何も知らずにお嫁さんを迎えるのも戸惑《とまど》うでしょうね」

「はあ、出来れば、何もかも知っているご新造《しんぞ》などに手ほどきされたら嬉しいのですが、なかなか……」

矢十郎は、無垢なふりをしながら、志摩の顔色を窺《うかが》ってみた。

すると、思ったとおり彼女も複雑な表情になった。どうやら朱実の母親だけあり、好奇心や淫気も旺盛《おうせい》なようだった。

ましてや悦びを知り、婿養子の亭主とは今更そう年中情交しているとも思えず、飢えているかも知れない。

「そうね、私で良ければ何でも教えてあげるのに……」

「本当ですか？」

「まあ、私なんかでよろしいのかしら？」

志摩が、ほんのりと頬《ほお》を染めて言い、淫気に目を輝かせはじめた。

どうやら本気らしく、矢十郎もすっかり勃起してしまった。

「もちろんです。初めて見たときから、なんて綺麗な人だろうと思いましたから」

「まあ、無垢でもお上手は言えるのですね。でも本当なら、今日これから……」

志摩は言い、急に足早に裏通りへと入り、待合に向かった。

「今日は用事を早く終えたものだから、すぐ帰らなくて良いのです」

「で、では、お願い致します……」

矢十郎は興奮に胸を高鳴らせながら、律儀に頭を下げた。

「じゃ、そこへ……」

志摩も緊張と興奮に声を潜め、一軒の待合に入っていった。

矢十郎も従い、間もなく二人は床の敷かれた密室に入り込んだ。

「わあ、夢のようだわ。お武家とするなんて……」

志摩は息を弾ませて言い、すぐにも帯を解きはじめてくれた。

矢十郎も大小を置き、手早く袴《はかま》と着物を脱いでしまった。

「明るくて恥ずかしいわ……」

志摩は言いながらも着物を脱ぎ、襦袢《じゆばん》に腰巻まで取り去っていった。室内に、甘い脂粉に似た匂いが籠もり、みるみる白い熟《う》れ肌が露《あら》わになった。

先に彼が全裸になって横たわり、志摩の後ろ姿を見ながら待っていると、間もなく彼女も肌襦袢だけの姿になって腰を下ろしてきた。

そして最後の一枚を脱ぎ去り、優雅な仕草で添い寝してきた。

矢十郎は甘えるように腕枕してもらい、白く豊かな乳房に顔を寄せた。三十路《みそじ》半ば過ぎの熟れ肌は、実にきめ細かく、白粉でもまぶしたように滑らかだった。

「まあ、甘えん坊さんなのですか……？」

志摩は興奮を抑えながら囁《ささや》き、彼の顔を胸に抱きすくめてくれた。

矢十郎は、色づいた乳首にチュッと吸い付き、豊かな膨《ふく》らみに顔中を押しつけて柔らかな感触を味わった。ほんのり汗ばんだ胸元や腋からは、何とも甘ったるい体臭が漂《ただよ》い、その刺激が一物に伝わっていった。

「ああ……、いい気持ち……」

彼女はビクリと顔をのけぞらせて喘《あえ》ぎ、さらに濃い匂いを揺らめかせた。

矢十郎は、膨らみに指を這《は》わせながら舌で乳首を転がし、左右とも交互に含んで充分に愛撫した。

さらに腋の下にも顔を埋《うず》め、色っぽい腋毛に鼻をこすりつけ、甘ったるく濃厚に籠もった汗の匂いで胸を満たした。その間も、指でずっと乳首をいじり続け、膨らみを揉んだ。

「アア……、いいわ、入れて下さいな……」

志摩が身悶《みもだ》えながら言い、矢十郎は驚いた。艶《なま》めかしい町人の女でも、少しいじるだけで挿入を求めてくるのだ。

婿養子の亭主は志摩に気後れがあり、あまりあれこれせず、彼女も求めなかったのだろうか。それとも矢十郎が武士で、しかも無垢と思っているから、多くの愛撫を遠慮したのかも知れない。

「あ、あの、入れる前に見てみたいのですが……」

「まあ、そのようなところ見るものではありませんよ……」

言うと志摩は驚いたように答えて身じろいだが、頑《がん》として拒《こば》むほど身を硬くしたわけではなかった。

「どうか、後学のために、好きにさせて下さいませ」

「そんな、大層なものではないのだけれど……、そこまで仰《おつしや》るなら、どうかお好きなように……」

志摩が言ってくれたので、矢十郎は身を起こし、あらためて美女の肢体を見下ろした。熟れ肌は色白で豊満で、腰と太腿《ふともも》はムッチリとした量感があり、実に艶めかしかった。

矢十郎は彼女の足の方に顔を移動させ、屈み込んで足裏に舌を這わせた。

「はっ……！　な、何をなさいます……」

さすがに志摩は驚いたようで、ビクリと身を強ばらせた。

「済みません。どうにも、足が綺麗なものですから。でもどうか、うんとお嫌でなかったら、じっとしていて下さい」

「い、嫌ではないのですが、畏《おそ》れ多くて……、あう！」

また舐《な》められ、志摩が顔をのけぞらせて呻《うめ》いた。

彼は踵《かかと》から土踏まずを舐め、汗と脂に湿った指の股に鼻を割り込ませて蒸れた芳香を嗅ぎ、爪先《つまさき》にしゃぶり付いて指の間に舌を割り込ませた。

「アアッ……！　し、信じられないわ……」

志摩が声を震《ふる》わせて喘ぎ、拒むことなく身を投げ出してされるままになった。

矢十郎は両足とも、味と匂いが薄れるまで貪《むさぼ》り、やがて脚の内側を舐め上げながら腹這い、股間に顔を進めていった。

僅《わず》かに立てた両膝を開かせ、内腿を舐めながら鼻先を割り込ませていくと、

「ああ……」

志摩が羞恥《しゆうち》に熱く喘いだ。

陰戸《ほと》に顔を寄せると、やはり悩ましい匂いを含んだ熱気と湿り気が籠もっていた。

黒々と艶のある茂みが股間の丘に密集し、割れ目からはみ出した陰唇も濃く色づいて、内から溢《あふ》れる淫水にネットリと濡れていた。

そっと指を陰唇に当て、左右に広げると、

「く……」

触れられた志摩が息を詰めて呻いた。

中は綺麗な柔肉で、ヌメヌメと潤い、かつて朱実を産み落とした膣口も襞《ひだ》を入り組ませて息づいていた。明るいので、ポツンとした尿口もはっきり確認でき、包皮を押し上げるようにツンと突き立ったオサネも、綺麗な光沢を放っていた。

「そ、そんなに見ないで……、もういいでしょう……」

彼の熱い視線と息を感じ、志摩が声を震わせて言った。

矢十郎も堪らず、とうとう彼女の中心部にギュッと顔を埋め込み、柔らかな茂みに鼻をこすりつけてしまった。心地よい感触とともに、隅々に籠もる、甘ったるい汗の匂いと残尿臭が鼻腔を刺激してきた。

舌を這わせると、トロリとした淡い酸味の蜜汁が溢れてきた。

「あう……、な、何をするの……」

志摩が声を上ずらせ、量感ある内腿でムッチリと彼の顔を締め付けてきた。

矢十郎は豊かな腰を抱え込み、膣口からオサネまで舐め上げてヌメリをすすった。

「アアッ……、駄目、お風呂にも入っていないのに……」

志摩が喘ぎながら言った。してみると、やはり多少は舐めてもらったこともあるようだから、彼に遠慮していたのだろう。

とにかく矢十郎はオサネに吸い付き、舌先で弾くように舐め続け、艶めかしく熟れた美女の味と匂いを貪った。

二

「ああ……、き、気持ちいい……、お武家に舐められるなんて……」

志摩は、次第に熱く喘ぎ、もう遠慮なく股間を突き上げて悶えはじめていた。

矢十郎は彼女の脚を浮かせ、白く豊満な尻の谷間にも顔を押しつけ、おちょぼ口をした薄桃色の蕾《つぼみ》にも鼻を埋め込んでいった。

秘めやかな微香を嗅ぎ、顔中に双丘の丸みと弾力を味わってから、彼は舌先でチロチロと蕾を舐めた。

「あうう……、そ、そんなこと……」

志摩は声を震わせ、浮かせた脚をガクガクさせながら悶えた。

矢十郎は舌先を潜《もぐ》り込ませ、ヌルッとした粘膜も味わい、出し入れさせるように蠢《うごめ》かせた。

「アア……、変な気持ち……」

さすがにここまでは亭主に舐めさせなかったようで、志摩は喘ぎながら、彼の鼻先にある陰戸から白っぽく濁った淫水をトロトロと溢れさせてきた。そして舌先を、モグモグときつく肛門で締め付けてきた。

やがて脚を下ろし、彼は淫水の雫《しずく》を舐め取りながら再びオサネに吸い付き、指先を膣口に潜り込ませ、内壁を小刻みに擦《こす》った。さらに左手の人差し指も、唾液に濡《ぬ》れた肛門に浅く押し込んで蠢かせた。

「あう……、駄目、いっちゃう……、堪忍……、アアーッ……!」

たちまち志摩は身を弓なりに反らせて喘ぎ、ガクガクと狂おしい痙攣《けいれん》を開始してしまった。前後の穴に入った指は、痺《しび》れるほどきつく締め付けられ、陰戸からは潮を吹くように大量の淫水がほとばしった。

彼女は何度も気を遣《や》る波が押し寄せるように腰を撥ね上げ、粗相したように蜜汁を漏らしながら身悶え続けた。

やがてグッタリとなると、矢十郎も前後の穴からヌルッと指を引き抜いた。

肛門に入っていた指に汚れの付着はなく、爪にも曇りはないが微香が移った。膣内の指は湯上がりのように皺《しわ》になってふやけ、白っぽい粘液が膜を張るほどにネットリとまつわりついていた。

志摩は横向きになって身体を丸め、放心してハアハア喘ぐばかりだった。

矢十郎は、また向かい合わせに添い寝し、腕枕してもらいながら、熱く湿り気ある息を嗅いだ。鉄漿《おはぐろ》の歯並びの間から洩れてくる美女の吐息は、白粉のように甘い刺激が含まれ、心地よく鼻腔を満たしてくれた。

彼が伸び上がって唇を重ね、そろそろと舌を差し入れると、

「ンン……」

志摩も熱く鼻を鳴らし、チュッと吸い付いてきた。

矢十郎はぽってりした柔らかな唇の感触を味わい、熱く甘い息の匂いに酔いしれ、美女の口の中を舐め回した。志摩もクチュクチュと舌をからみつけ、生温かな唾液を溢れさせた。

彼は抱きつきながら徐々に仰向けになり、志摩を上にさせた。

彼女も息を吹き返したように執拗《しつよう》に舌を蠢かせ、上からのしかかってくれた。

やがて長い口吸いを終えると、志摩がピチャッと湿った音を立てて唇を離し、唾液が細く糸を引いて互いの口を結んだ。

「いけない人ね……、あんなにアソコを舐めるなんて……、久しぶりに気を遣ってしまったわ……」

志摩が甘く囁き、さらに彼の頬や鼻の頭にも唇を触れさせ、そっと耳たぶを噛んでくれた。

「ああ……、もっと強く……」

矢十郎が喘ぎながら言うと、志摩もキュッと力を込めてくれ、彼の首筋を舐め下りて乳首に吸い付いてくれた。

「逞しいわ……」

志摩が溜息混じりに言って、分厚い胸板に舌を這わせてきた。

「噛んで……」

言うと、志摩も彼の乳首に歯を立て、熱い息で肌をくすぐりながらモグモグと刺激してくれた。矢十郎は甘美な快感に激しく勃起し、熟れた美女の愛撫に身を任せて四肢を投げ出した。

志摩は彼の左右の乳首に充分に舌を這わせ、徐々に肌を舐め下りていった。

やがて彼女の熱い息が矢十郎の股間に籠もり、彼は期待して幹を震わせた。

「大きいわ……」

志摩がうっとりと言い、そっと幹に指を添え、舌先を鈴口に這わせてきた。

トロリとした唾液に濡れた舌が滲《にじ》む粘液を舐め取り、さらにスッポリと亀頭を含み込んだ。

「アア……」

矢十郎が喘ぐと、彼女はすぐにスポンと口を離した。

「出そうになったら言って下さいましね。お口に出されても構わないのですが、初めは交接したいでしょうから」

至れり尽くせりのことを言い、再び舌を這わせ、今度は興奮と緊張に縮こまったふぐりを舐め回し、睾丸を転がしてから幹の裏側を舐め上げ、また深々と根元まで呑み込んでくれた。

「く……」

彼は息を詰めて暴発を堪え、志摩は熱い鼻息で恥毛をくすぐりながら吸い付き、内部で舌を蠢かせてきた。たちまち肉棒全体は、温かな唾液にどっぷりと浸り、快感を高めてヒクヒクと震えた。

「ああ……、もう、どうか……」

絶頂を迫らせた矢十郎が降参して喘ぐと、すぐに志摩もスポンと口を引き離してくれた。

「さあ、ではお入れ下さいませ」

彼女が言って横になろうとするのを、矢十郎は押しとどめた。

「どうか、お志摩さんが上に」

「まあ、私がお武家を跨《また》ぐのですか……？」

「ええ、そうして欲しいのです」

「確かに、その方が初めて入れるのも迷わずに済みますけれど……、では、畏れ多いですけれど、そのように致します」

やがて志摩も頷き、自分の唾液にまみれて屹立している肉棒に、恐る恐る跨がってきた。

幹に指を添え、先端を濡れた陰戸に押し当て、位置を定めると息を詰めてゆっくり腰を沈み込ませてきた。張りつめた亀頭がヌルリと潜り込むと、あとはヌルヌルッと滑らかに呑み込まれていった。

「アアッ……！　いい……」

志摩が根元まで受け入れ、ぺたりと座り込んで喘いだ。

矢十郎も、熱く濡れて締まる肉襞の感触に奥歯を噛み締めた。子を産んでいても、実に良く締まるものだと思った。そして、とうとう朱実が産まれた穴に入れてしまったのだと、背徳の思いで快感を嚙み締めた。

彼女は顔をのけぞらせたまま硬直し、若い肉棒を味わうようにキュッキュッと締め付け、さらに密着した股間を擦りつけるようにグリグリと動かしてきた。

豊かな乳房が艶めかしく揺れ、やがて上体を起こしていられなくなったように、志摩が覆いかぶさってきた。

矢十郎も抱き留め、僅かに両膝を立てながらズンズンと小刻みに股間を突き上げはじめた。

「あうう……、感じる、奥まで当たります……」

志摩が呻き、突き上げに合わせて腰を使った。

矢十郎は下からかぐわしい口を求め、舌をからめた。

「ク……、ンン……」

志摩も熱く鼻を鳴らし、甘い息を惜しみなく嗅がせてくれながら吸い付いてきた。

「もっと唾を……」

口を触れ合わせながらせがみ、彼はさらに肉壺の中で幹を震わせた。

「そんな、汚いですから……」

矢十郎は、生温かく粘つく小泡の多い美酒を味わい、うっとりと喉に流し込んで酔いしれた。

言うと、志摩も興奮に合わせ、トロトロと大量の唾液を注ぎ込んでくれた。

「いっぱい飲みたい……」


さらに鉄漿の口に鼻を押し込んで嗅ぐと、甘い息の匂いに混じり、うっすらと鉄漿の金臭い成分も感じられ、これが新造の匂いなのだと思った。

すると志摩も本格的に腰を使いながら、チロチロと矢十郎の鼻を舐めてくれ、彼が移動させると、頬や額《ひたい》にまで舌を這わせてくれた。

たちまち顔中が美女の唾液でヌルヌルにまみれ、彼は悩ましい匂いと肉襞の摩擦にあっという間に昇り詰めてしまった。

「い、いく……、ああッ……！」

突き上がる快感に口走りながら激しく股間を突き上げると、熱い大量の精汁が勢いよく内部にほとばしった。

「あう……、出しているのね、もっとちょうだい……、アアーッ……！」

熱い噴出を感じ取ると志摩も声を上ずらせ、たちまち気を遣ってしまった。

ガクンガクンと狂おしい痙攣を開始し、矢十郎も心地よく収縮する膣内に、心ゆくまで出し尽くした。

そしてすっかり満足すると動きを弱め、美女の息を間近に嗅ぎながら、うっとりと快感の余韻《よいん》を噛み締めた。

「ああ……、こんなに良いの、初めて……」

志摩も熟れ肌の硬直を解きながら満足げに声を洩らし、グッタリと彼に体重を預けてきたのだった……。

三

「本当に一人でしょう。やはり妙な魂胆《こんたん》などなさそうです」

河原から矢十郎が遠目に窺うと、大森久吾が一人、大刀を落とし差しにして佇《たたず》んでいた。

こちらからは菜美の他、矢十郎と淳が後見人として出向いてきていた。

いよいよ約束の日が来て、上野か浅草か、明け六つ（日の出少し前頃）の鐘が遠くから聞こえてきた。

東天に曙光《しょこう》が射し、青白い久吾の顔が赤く照らされていった。

「うん、大丈夫だろう。では行くか」

淳が警戒を解いて言うと、菜美も頷《うなず》いて進みはじめた。

矢十郎と淳はいつもの姿だが、菜美は白装束に身を固め、襷《たすき》に鉢巻きをして帯の懐剣の柄を握りしめていた。さすがに血の気はなく、緊張に頰が強ばり、足取りも覚束ないほどだった。

すると久吾も気づき、こちらに顔を向けた。

「来たか。菜美さん、お久しぶりでした。また会えて嬉しい。そのような格好などせずとも、私に戦う気はない」

久吾は、驚くほど爽やかな笑みを見せて言った。

「大森様、話は伺いました。うちの旦那様が、大層非礼なことをし、お詫び申し上げます……」

菜美が言い、その後ろで矢十郎と淳は成り行きを見守っていた。

「ああ、そんなことはどうでも良い。武家の掟に従い、あなたは私を討てば良いだけだ。さあ」

久吾は言い、大刀を鞘《さや》ぐるみ脱いで草の上に投げ捨てた。

「ど、どうか、尋常な立ち合いを」

「それは無理だ。私はもう生きていても仕方がないのだ」

菜美の言葉に久吾が答え、丸腰のまま彼女に近づいてきた。むろん懐に何か呑んでいる様子もなかった。

すると淳が、鯉口《こいぐち》を切りながら前に出てしまった。

「助太刀、鷹山淳！　まず私と尋常な勝負を所望！」

澄んだ声で言い放つと、久吾が苦笑した。

「お断わりする。どうか私と菜美さんの間に入らないでくれ」

「淳様……」

久吾が言い、矢十郎も淳をたしなめ、引き戻した。

とにかく久吾は討たれる気で前進しているのだ。菜美が傷つくような心配だけはなかった。

ようやく菜美が緊張しながら前に進み、久吾と対峙した。

「丸腰のものを刺せと仰《おお》せですか」

「左様。それであなたの、武家の妻としての面目は立つ」

「しかし……」

「さあ早く。浅くでも刺せば、あとは私が何とかする」

久吾は言い、間合いを狭めた。菜美は、それと分かるほど全身を震わせ、まだ懐剣を抜きもしなかった。

と、そのとき、いきなり久吾が屈み込んで激しく咳《せ》き込《こ》みはじめた。

「さあ……」

苦悶しながら顔を上げて言うが、さらに発作の波が押し寄せて、彼は草の上に膝を突いてしまった。菜美も思わず、柄《つか》から手を離して駆け寄り、その背中をさすった。

「大丈夫ですか。私のお世話になっている方が、養生所へ入る手続きをして下さいます。どうか、そこへ」

「な、菜美さ……」

久吾が咳き込みながら言い、菜美を遠ざけようとしたが激しく噎《む》せて少量の喀血《かっけつ》をした。

「どうやら、養生所まで運ぶことになりますね」

「ああ、菜美さんも玄庵先生に相談していたようだ」

矢十郎と淳は話し合い、もう菜美に仇討《あだう》ちの意思が全くないことを察した。

しかし、そのときである。

「こんなところにいやがった」

堤の上から声がし、十五人ばかりの破落戸《ごろつき》が一斉に斜面を下りてきた。どうやら、古寺にたむろしていた全員のようだ。

「おう、先生よ。さんざん威張り散らしやがって、病だから抜けようったってそうはいかねえ！　今までの貸しがあるんだ。そのぶん働いてもらわんとな」

頰に傷のある男が怒鳴り、みな一斉に長脇差《ながどす》を抜き放った。矢十郎や淳もいるが、何しろ今日は大勢だから怯《ひる》む様子はなかった。

「良かった。暴れられる」

淳が歓喜に顔を輝かせ、スラリと抜刀した。

「淳様、峰打ちで」

「承知」

矢十郎が言うと淳は答え、連中に駆け寄っては見事な早業《はやわざ》で肩や脾腹《ひばら》に強《したた》かな峰打ちを食らわせていった。

「ぐわッ……！」

「うぐ……！」

破落戸は次々に奇声を発し、草の上に崩れていった。

「一網打尽にする機を窺っていたのだ。自分らから雁首揃《がんくびそろ》えるとは好都合！」

淳は生き生きと言い、戦いを楽しんだ。

むろん中には迂回して、うずくまっている久吾と菜美に迫るものもいたが、それは矢十郎が徒手空拳《としゅくうけん》の拳骨《げんこつ》を振るって地に叩きつけた。

「ま、参った……、勘弁してくれ……」

頬に傷のある男が一人だけ残り、すっかり戦意を喪《うしな》って長脇差を捨てた。

「いいや、お前一人許すわけにいかぬ。かかってこい」

「た、助け……」

白刃《はくじん》を突きつけて迫る淳に、男は失禁して座り込んでしまった。

そこへ、さらに別の集団が堤に現われ、一斉に下りてきた。それは玄庵と、役人たちだった。

「神妙にしろ!」

役人たちは、苦悶している破落戸たちを引っ立て、縄をかけて数珠《じゅず》つなぎにしていった。

それを見て淳も、まだ暴れ足りず不満そうにしながらも刀を納めた。

玄庵が久吾に近づき、屈み込んで様子を見た。

「血を吐いたのは、今日が最初か? ああ、それならまだ軽い。養生すれば治る」

玄庵は診断し、久吾を引き起こし、矢十郎を呼んだ。

「ああ、上に駕籠《かご》を待たせてあるから、そこまで担いでくれ」

「分かりました」

言われて矢十郎が背を向けてしゃがみ込むと、玄庵と淳が久吾を背負わせた。

「捨てた刀は？」

「もう要《い》らぬ……」

淳が訊くと、久吾は矢十郎の背で答えた。

「ふむ、ならば武士としての大森久吾はたったいま死んだ。菜美さん、どうする、この男の髪を切って、国許へ帰るか。仇討ち認可状には、わしが何とか見事に討ったと書いてやるが」

玄庵が言ったが、菜美は首を横に振った。

「いいえ、もう山尾には戻りません……」

「そうか、ならばずっとわしの家で働いてもらう」

菜美の言葉に、玄庵も笑顔で答えた。

とにかく矢十郎は久吾を背負って斜面を登った。そして玄庵が乗ってきた駕籠に久吾を乗せた。

役人たちも、破落戸たちを引き連れて去りはじめていた。

「では私もご一緒に参ります」

菜美が言い、やがて玄庵と一緒に、駕籠について小石川《こいしかわ》方面へと向かった。また途中で、辻駕籠を拾えるだろう。

「何だか、思いもかけぬ成り行きになった……」

淳が嘆息《たんそく》して言い、矢十郎も菜美と玄庵を見送った。

「ええ、でも仇討ちをしないで済んで良かった」

「そんなことを言って良いのか。菜美さんは、久吾を一目見て心を動かしてしまったぞ」

「え……？」

「人を殺すほど自分に惚れていた男が、命を捧げたのだ。まして病で憐《あわ》れみも湧き、このまま介護しながら出来てしまうかも」

淳に言われ、矢十郎は悋気《りんき》に胸が焦《こ》げた。確かに淳の言うとおり、彼もそのような雰囲気を菜美から感じ取っていた。

「それも、仕方ないかも知れませんね……」

「良いのか。まあ、どうせ一緒にはなれぬ身なのだろう。だが、それほど国許の重臣の娘に婿入りしたいのか」

「一人の藩士ですからね。他の生き方は難しいです……」

矢十郎は答え、淳と一緒に河原を歩いた。

四

「悔しい。菜美のことばっかり考えている……」

淳が、日頃は勝ち気な眼差《まなざ》しを少女のように心細げにさせて言い、矢十郎に縋《すが》り付いてきた。

彼女の家である。すでに床が敷き延べられ、互いに全て脱ぎ去り一糸まとわぬ姿で横たわっていたのだ。

「そんなことないですよ。ほら」

矢十郎は、勃起した肉棒を指して答えた。確かに菜美を思うと胸が痛み、このまま久吾に傾いてしまうのは未練が募《つの》る。何しろ矢十郎にとって、菜美は最初の女なのである。

「誰が相手でも立つのだろう」

「どうすればいいのです」

「私だけを好きと言って……」

「淳様だけが好きです」

「嘘つき！」

淳が叫ぶように言うなり、ぴったりと彼の唇を奪ってきた。

ようやく激情も治まり、淫気に専念しはじめたようだ。矢十郎も淳の柔らかな唇と唾液の湿り気を感じ、菜美のことを頭の片隅へ追いやった。

淳は荒々しく上になって彼にのしかかり、ヌルッと舌を潜り込ませてきた。

矢十郎も、滴る生温かな唾液で喉を潤し、熱く甘い花粉臭の息を嗅ぎながら舌をからめていった。

そして充分に舌を蠢かせてから口を離し、彼の首筋から胸へと舐め下り、乳首にキュッと嚙みついてきた。

「い……、強すぎます、淳様……」

矢十郎はビクリと身を強ばらせて言い、それでも甘美な刺激に激しく興奮した。

淳も左右の乳首を嚙み、脇腹から下腹まで舌と歯で愛撫してくれた。

やがて股間に熱い息を感じると、矢十郎は食いちぎられるのではという畏れを抱いたが、さすがに淳も歯を立てることなく、ネットリと亀頭に舌をからみつけて含んできた。

そのままモグモグと喉の奥までたぐるように呑み込み、温かな唾液にまみれさせて吸い付き、執拗に舌をからめてきた。

「ああ……！」

快感に彼が喘ぐと、淳はいっそう熱を込めてしゃぶり、お行儀悪く音を立ててチュパチュパと吸引した。

やがて彼が充分に高まった頃合いを見てスポンと口を離すと、添い寝して仰向けになっていった。そして今度は、矢十郎が愛撫する番だというふうに四肢を投げ出してきた。

彼は身を起こし、淳の左右の乳首を交互に吸っては張りのある膨らみに顔中を押しつけ、甘ったるい汗の匂いで鼻腔を刺激されながら、コリコリと硬くなった乳首を舌で転がした。

「アア……、いい気持ち……」

淳が顔をのけぞらせて喘ぎ、彼の顔をギュッと胸に抱き寄せてきた。

矢十郎は充分に愛撫してから、腋の下にも顔を埋め、腋毛に鼻をこすりつけて濃厚に甘ったるい汗の匂いを貪った。何しろ活劇のあとだから、そこはいつも以上に蒸れた芳香が籠もっていた。

彼は充分に美女の体臭を嗅いでから肌を舐め下り、スラリと引き締まった長い脚に舌を這わせていった。

足裏を舐めて指の股に鼻を割り込ませ、汗と脂に湿って蒸れた匂いを嗅いでから、爪先にもしゃぶり付いた。

「あう……、そんなところ、どうでもいいから……」

淳がもどかしげに腰をよじって言い、両膝を開いてきた。

矢十郎も、両足とも味と匂いを堪能してから腹這い、淳の股間に顔を進めて割れ目に鼻先を迫らせていった。

すでに陰戸からは白っぽい蜜汁が溢れ出し、熱気が顔中を包み込んだ。

彼は柔らかな茂みに鼻をこすりつけ、隅々に籠もった汗とゆばりの匂いで鼻腔を満たし、舌を這わせて淡い酸味の蜜汁をすすった。

「ああッ……、もっと……」

淳が喘ぎ、自らオサネを突き出すように腰を浮かせてきた。

矢十郎は上の歯で包皮を剝き、露出した突起を吸い、舌先でチロチロと強めに弾くように舐め上げた。

さらに脚を浮かせ、尻の谷間にも顔を押しつけ、可憐な蕾に鼻を埋め込んだ。秘めやかな微香を貪り、震える襞を舐め回し、中にもヌルッと潜り込ませた。

「あう……！」

淳は呻きながら寝返りを打ち、何と四つん這いになって尻を突き出してきた。

矢十郎も、彼女の無防備で大胆な体勢に興奮しながら肛門を舐め、舌を締め付けられながら出し入れするように動かして粘膜を味わった。

陰戸からは大量の淫水が漏れ、内腿にもネットリと伝い流れはじめた。

「入れて……、お願い……」

淳が尻を振ってせがんだ。

矢十郎も身を起こし、膝を突いて股間を進めた。そして彼女の腰を抱え、後ろから先端を濡れた陰戸に押し当て、ゆっくりと挿入していった。

「アアッ……！」

淳が白い背中を反らせて喘ぎ、キュッと締め付けてきた。

矢十郎も、ヌルヌルッと幹を擦る心地よい肉襞の摩擦を感じながら根元まで押し込み、股間に当たって弾む尻の丸みを味わった。

やはり本手《ほんで》（正常位）や茶臼《ちやうす》（女上位）とは、膣内の擦れる感覚が違うような気がした。

彼は股間を押しつけて深々と貫きながら充分に感触と温もりを味わい、やがて股間を前後に動かしはじめた。

「あうう……、もっと強く……」

淳が顔を伏せたまま呻き、クネクネと尻を動かした。

矢十郎は次第に強く腰を突き動かし、心地よくぶつかる尻の感触にも酔いしれながら高まり、さらに背中に覆いかぶさって、両脇から回した手で乳房をキュッとわし摑みにした。

「ああッ……、いい……！」

淳も夢中になって身悶え、粗相したかと思えるほどの淫水を漏らして律動を滑らかにさせた。

しかし、後ろからの体勢や尻の感触は心地よいが、やはり顔が見えないのは物足りない。矢十郎は根元まで挿入したまま、いったん動きを止め、そろそろと彼女の身体を横向きにさせていった。

淳も素直に横向きになると、彼は下になった脚を跨いで内腿で挟み、上になった脚に両手でしがみついた。

これなら喘ぐ表情も見えるし、股間が交差したので密着感も高まった。

そしてなおもズンズンと股間を突き動かして摩擦を味わってから、さらに挿入したまま彼女を仰向けにさせていった。

脚を跨いで本手まで持ってゆくと、ようやく矢十郎は身を重ね、胸で柔らかな乳房を押しつぶした。

やはり向かい合わせになり、美女の顔を見つつ吐息を感じながら果てるのが一番良いのだ。

「ああ……」

淳も熱く喘いで、下から回した両手でしっかりと彼にしがみついてきた。

矢十郎は律動を再開させ、かぐわしい息で喘ぐ淳の口に鼻を押しつけた。花粉臭の口と、乾いた唾液のほんのりした甘酸っぱい芳香が入り交じり、その刺激が悩ましく一物に伝わっていった。

彼女もズンズンと股間を突き上げ、肉棒を締め付け続けた。

クチュクチュと湿った摩擦音が響き、恥毛が擦れ合い、コリコリする恥骨の膨らみまで感じられた。

「アア……、い、いきそう……！」

淳が顔をのけぞらせて喘ぎ、矢十郎も強く股間をぶつけるように動いた。たちまち彼女がガクンガクンと狂おしい痙攣を開始し、大柄な彼を乗せたまま腰を撥ね上げはじめた。

「いく……、ああーッ……！」

淳は口走り、膣内を収縮させながら激しく気を遣った。

「く……！」

同時に矢十郎も絶頂に達し、突き上がる快感に呻いた。ありったけの熱い精汁がドクンドクンと勢いよく内部にほとばしり、柔肉の奥深い部分を直撃した。

「あう……、熱いわ、感じる、もっと……！」

噴出を受け止めると、淳は駄目押しの快感を得て呻き、彼の背に爪まで立てて乱れに乱れた。

矢十郎は唇を重ねて舌をからめ、美女の甘い唾液と吐息を貪りながら、心ゆくまで出し尽くした。そして満足しながら徐々に動きを弱めてゆき、力を抜いてグッタリと淳にもたれかかっていった。

「ああ……、良かった……、溶けてしまいそう……」

淳も全身の強ばりを解きながら、うっとりと言い、四肢を投げ出した。

矢十郎は美女の息を嗅ぎ、肌の温もりと膣内の収縮を感じながら、快感の余韻を味わったのだった。

五

「ああ、大森久吾の労咳《ろうがい》は大したことはない。実に軽いものだった」

矢十郎が玄庵の家に寄ると、ちょうど彼も帰ってきたところで、いろいろ話してくれた。

「そうですか。では養生所にも」

「長くはいなくて済むだろう。吐血は肺腑ではなく、酒を浴びるような暮らしぶりから胃の腑が爛《ただ》れていただけだ。もう自棄酒《やけざけ》もしないだろうから、間もなく普通の身体に戻る」

「それで、菜美さんは？」

矢十郎は、気になっていたことを訊いた。

「付ききりになっている。女心とは妙なものだなあ。自分の亭主を斬った男だが、それ以前から自分に懸想《けそう》していたのだからな。互いに浪人と、浪人の子という境遇も通じるものがあるのかも知れん」

「では……」

矢十郎は、焦燥《しょうそう》感に胸を重くさせながら訊いた。

「ああ、ひょっとして、ひょっとするかも知れないなあ」

「菜美さんは、もう国を捨てるとして、大森久吾はどうするのでしょう。刀を捨てたようですが、剣以外の道で……？」

「養生所は人手が足りん。良くなれば、そのまま働いてもらうかも。所帯を持つなら小石川とここの間ぐらい、三崎町《みさきちょう》あたりかなあ。そうすれば、久吾は養生所に、菜美さんはここへ通ってこられる」

「はあ……」

矢十郎は嘆息気味に相槌《あいづち》を打った。玄庵がそこまで言うのなら、二人はそういう見込みがあるということなのだろう。

「おっと、お前さんの気持ちも構わずべらべら喋ってしまった。お前さんも、菜美さんが最初の女だろうから、穏やかではなかろう」

「い、いえ……、私は元々、やがて国許へ帰って、然《しか》るべき養子口を探すだけなのですから……」

「それなら、あのじゃじゃ馬で良かろう。あれも大女だから、滅多に釣り合いの取れる相手に巡り合えないのだ。それに鷹山淳は、れっきとした小田浜藩の人間だ。そこへ婿に入れば、皆川藩との交易にも役立つだろう。あれにするなら、わしが仲人《なこうど》をしてやるぞ」

玄庵が、驚くほど気軽に言い、矢十郎は呆気《あっけ》に取られた。

「はあ、その節は、よろしくお願い致します……」

矢十郎は言い、そういう道もあるのだなと思った。

国許では、確かにろくな養子先はない。あればとっくに縁が生じていた筈《はず》だ。江戸から戻ってもいい養子先に恵まれるか保証もない。そして矢十郎が他藩の家に婿に入ろうとも、国許では誰も止めないだろう。むしろ玄庵の言うとおり、小田浜との縁が持てれば物産の交流にも役立つ。何しろ小田浜は千石船《せんごくぶね》を持っているから、陸路より簡単に行き来できるのだ。

そして、もちろん淳のことは嫌いではないし、何しろ肉体の相性も良いのだ。六つばかり年上だが、何の不足もない美女である。

「ああ、それから連中がたむろしていた古寺は取り壊しが決まり、破落戸たちもみな遠島《えんとう》になるようだ」

「そうですか」

「ああ、これで町も少しは静かになることだろう」

玄庵は言い、煙管《きせる》に莨《たばこ》を詰めて長火鉢から火を点け、紫煙をくゆらせた。

「では、私はこれにて失礼致します」

やがて矢十郎は玄庵宅を辞し、日が傾く頃まで、あちこち散策してから藩邸へと戻った。

すると、家老が呼んでいると言われ、矢十郎は着替える余裕もなく、大刀だけ置いて部屋に出向いていった。

平伏し、何やら叱責かと恐る恐る顔を上げた。何しろ江戸へ来てから、誰からも放っておかれているとはいえ、ろくに藩邸へ居着かず、気ままに外出しているだけなのである。

しかし家老は上機嫌だった。

「用向きというのは他でもない。小田浜藩邸より使者が来て、その方を婿に欲しいという家があるのだが」

「は、まさか、鷹山家では……」

「何だ。存じているのか」

「はい。鷹山淳様とは、道場で手合わせ致しました」

「うむ、その折り気に入られたのだろう」

家老は頷きながら言った。もちろん他のことも何度も手合わせしているのだが、それは夢にも思わないだろう。

それにしても、玄庵に言われたその日、いや、ついさっきまで淳と会っていたのだが、彼女は思い立って、すぐにも行動に移したようだった。あるいは淳も、玄庵にそうしたらどうかと話をされたのだろう。

「ちょうど、我が藩の山の幸を交易する土地を探し、海の幸の小田浜にも話をしていた折りなのだ。その方が鷹山家と縁を持てば、藩同士の橋渡し役になってもらおうと存じるがいかに」

「は……、殿と家のお許しがあれば、私に異存はございません」

矢十郎は、少々慌ただしいが決意してしまった。

淳にその気があるのなら申し分ないし、皆川藩としても、格上の小田浜藩との縁は持ちたいだろう。

「そうか、よしよし、ならばその旨《むね》を殿に知らせるから、その方も家へ手紙を書け。

明朝の飛脚に託す」

「承知致しました」

矢十郎は答えたが、主君も親や兄も、反対のしようもないだろう。これはもう返事を待つまでもなく決定したようなものである。あとは婚儀の日まで、矢十郎はせめて他の女たちと名残を惜しもうと思い、少しでも返事が長引けば良いとさえ思ってしまった。

「よし、ではそのように進めるので下がってよろしい」

「ははッ……」

言われて、矢十郎は再び平伏してから辞し、侍長屋へと戻った。

そして着替え、日のあるうちに墨を磨《す》って家への手紙をしたためた。

まあ剣の修行のために江戸へ出てきたのだが、淳と一緒になるなら、今後とも何かと道場に出向くことになるだろう。小田浜にも一度行かねばならないが、知らぬ土地を見るのは楽しみだった。

やがて矢十郎は書き上がった手紙を畳み、小者に託して家老の手紙と合わせて国許への飛脚に届けるよう言った。

そして湯殿で身体を流し、厨《くりや》で夕餉《ゆうげ》を済ませてから、日が暮れる頃に再び自室へと戻ってきた。
寝巻に着替えて行燈《あんどん》も点けず、すぐ床を敷き延べて横になった。
(淳様と所帯を……?)
矢十郎は暗い天井を見つめながら考えた。
確かに、菜美は初めて知った女だから強い執着はあるが、最初から一緒になれると
は思っていなかった。淳は、心身ともに相性が良い気がする。
それでも、今は淳との暮らしへの期待よりも、菜美と情交ができなくなってしまう
かもしれないことへの未練が大きく心を占めていた。
それにしても玄庵の言うとおり、女心は分からないものだと思った。
最初は、菜美は敵《かたき》を討つことのみ思い、山賊相手に人を殺《あや》める稽古までして、炎
のような心根を持っていたのだ。
それが江戸へ来て、いつしか平穏を求めるようになったのである。
多分に、矢十郎との快楽も影響しているだろうし、優しく気さくな玄庵の人柄に触
れたこともあるだろう。
そして久吾と再会し、思っていたほどの悪党ではなく、菜美への思いをくすぶらせ
ながら病に絶望し、自ら命を投げ出してきたのだ。

菜美も、亡夫が久吾を傷つけたことを容易に察するほど、夫の性格を知っていたのだろう。

ただ藩士に見初められたというだけで嫁し、思いが育たぬうちに武家のしがらみで仇討ちの旅に出されてしまったのだ。

情交するうち菜美も、矢十郎にはそれなりの愛着は覚えていただろうが、彼女もまた、彼と一緒になれるとは思っていなかったに違いない。

その点、久吾は剣も捨て命も捨て、僅かに残っているのは菜美への思いだけなのである。

まして病に倒れているから、菜美は自分の心根がはっきり摑めないまま、急激に思いを寄せてしまったようだった。

亡父の遺志が、藩士の妻という立場だったのだろうが、今の菜美は武家を離れ、もっと自由闊達《かったつ》な道を選ぼうとしていた。

(仕方のないことだ。私は、菜美さんを幸せには出来ないのだから、せめて離れたところで幸せを祈るしかない……)

矢十郎は思い、あれこれと菜美の味や匂い、感触を甦《よみがえ》らせた。

男とは哀《かな》しいもので、心が千々に乱れていても、快楽の思い出だけで簡単に勃起してしまうのだった。

しかし手すさびをする気までは起こらず、やがていつしか矢十郎は眠り込んでしまったのだった……。

第六章　女体三昧《ざんまい》の日よ永遠に

一

「どうも、お婿《むこ》が決まっちゃいそうなんです」

朱実が、矢十郎に言った。

今日も彼女は配達の帰りに侍長屋を訪ねてきたが、そうそう藩邸で行なうわけにもいかないので、一緒に外へ出て待合に入ったのである。

「そう、どんな人だい？」

「うちの手代か番頭だと、あまりに近すぎて嫌だなと思っていたけど、隣町の菓子屋の次男坊になりそうです。なかなか頭が良くて、気持ちも優しい人みたい」

朱実は、屈託なく言った。好きも嫌いもなく、年頃になったのだから親同士が決めれば、それに従うのみである。

「あまり知らない男なの？」

「何度か互いのお店を行き来して、挨拶《あいさつ》ぐらいはしているけれど、それ以上喋ったことはないんです」

「そうか、まあ幸せになってくれるのならいいさ」

「ええ、有難《ありがと》うございます」

「それより、祝言《しゆうげん》が近いのに大丈夫かい。私とこのような場所へ来て、後悔しないか？」

矢十郎は、そう言いながらもすっかり淫気をみなぎらせていた。

「絶対に後悔なんかしません。それより、これからもそっと会えたら嬉しいなって思ってます」

「そうか、もし子を産んだら、朱実のお乳を飲んでもいいかい？」

「まあ、飲みたいのですか？　赤ちゃんみたいに」

「うん、可愛い朱実から出るものなら、何でも飲んでみたい。さあ、とにかく脱ごうか」

促《うなが》し、矢十郎が袴《はかま》を脱ぎはじめると、朱実も手早く帯を解きはじめた。

奇《く》しくも、同じ時期に互いに所帯を持つことになりそうだった。まあ陽気が良くなってきたから、そうした季節なのだろう。

しかし矢十郎は、このまま江戸にいるのか小田浜に行くのかもはっきりしていないので、まだ朱実には黙っていた。

「初夜では、無垢のふりをしないといけないよ」

「はい、自分からは決して何もせず、ただされるままじっとしていますから」

言うと、朱実は着物を脱ぎながら答えた。すっかり羞《は》じらいよりも、快楽への期待が大きくなっているようだった。

「ああ、それでいい」

「でも、きっと矢十郎様よりも小さいわ。血も出ないで、生娘《きむすめ》だって思ってくれるかしら」

「いちいち見ないだろう。恥ずかしいから暗くしてくれと言えばいい。それに、必ず血が出るとも限らないだろうしな」

「そうですね」

朱実は、言うほどには気にしていないようで、やがて互いに全裸になると彼だけ先に布団に横たわった。

「また顔に足を乗せて」

「まあ……、またですか……、それだけは、怖くて嫌です……」

「これから何でも旦那の言いなりになるのだからな、今ぐらい朱実の方からあれこれして欲しい」

言うと、結局朱実も言うとおりにしてくれた。

立ったまま彼の顔に近づき、恐る恐る浮かせた足裏を顔に乗せてきた。

「あん……」

これぱかりは慣れることがなく、朱実は声を震《ふる》わせて喘《あえ》ぎ、ガタガタと脚を震わせた。矢十郎は、生温かく湿った足裏を鼻と口に受け、舌を這わせながら指の股の匂いを貪《むさぼ》った。

さらに爪先《つまさき》にもしゃぶり付くと、

「アアッ……、も、もう堪忍……」

朱実は壁に手を突いてよろけそうな身体を支え、今にも座り込みそうなほど身を震わせていた。矢十郎は指の股を舐《な》め回し、足を交替させ、指の股の蒸れた匂いを嗅ぎながら全ての指をしゃぶった。

「さあ、じゃ顔を跨《また》いでしゃがんで」

両足とも舐め尽くすと矢十郎は言い、彼女の足首を摑《つか》んで跨がせ、さらに手を引っ張ってしゃがみ込ませた。

「ああ……、お許しを……」

朱実もすっかり息を弾ませながら、厠《かわや》に入ったようにしゃがんでくれた。

矢十郎は鼻先に迫る美少女の陰戸《ほと》を見上げ、肌の温もりを顔中に受け止めた。

割れ目からはみ出した花びらは興奮に色づき、すでにトロリとした大量の蜜汁にまみれていた。

腰を抱き寄せ、ぷっくりした丘に煙る若草に鼻を埋め込むと、汗とゆばりの混じった匂いが可愛らしく彼の鼻腔を掻《か》き回してきた。

「ああ、なんていい匂い」

「やあん、嘘です、そんなの……」

思わず言いながら何度も嗅ぐと、朱実がビクリと身を硬くし声を震わせて言った。

矢十郎は鼻をこすりつけて美少女の体臭を貪りながら舌を這わせると、最初は少しだけゆばりの味が感じられ、奥へ行くとすぐにヌルッとした熱く淡い酸味の潤いに変わった。

息づく膣口をクチュクチュと掻き回すように舐め、柔肉をたどってオサネまで舐め上げていくと、

「アア……!」

朱実が喘ぎ、力が抜けて思わずギュッと彼の顔に体重をかけてしまった。

矢十郎は心地よい窒息感の中でオサネを舐め、さらに尻の真下に潜り込み、谷間に鼻を押しつけていった。

今日も可憐な薄桃色の蕾には微かな匂いが染み付き、それを貪りながら舌を這わせた。細かに震える襞《ひだ》を濡《ぬ》らし、中にヌルッと潜《もぐ》り込ませると、肛門が磯巾着《いそぎんちゃく》のようにキュッと締まった。

「あう……、駄目です、汚いのに……」

これも慣れないようで、朱実はむずかるように言い、懸命に腰をくねらせた。

そして矢十郎は美少女の前も後ろも存分に味わってから、ようやく真下から這い出して仰向けになった。

すぐに朱実も自分の番と察し、彼の股間に向き直って屈み込んできた。

熱い息を感じながら身を投げ出すと、先端にチロチロと舌が這い回ってきた。鈴口から滲《にじ》む粘液が舐め取られ、さらに張りつめた亀頭もしゃぶられた。

「ああ……、いい気持ち……」

矢十郎は快感に喘ぎ、朱実の鼻先でヒクヒクと幹を上下させた。

彼女はそれを捉《とら》えるようにパクッと含み、スッポリと喉の奥まで呑み込んできた。

美少女の温かく濡れた口の中で、一物は唾液にまみれながら震え、快感を高めていった。

朱実も深々と含んで吸い付き、念入りに舌をからませてくれた。

さらに吸い付きながらスポンと口を離し、ふぐりを舐め回し、睾丸を転がした。

「いいよ、来て」

「私が上ですか……？」

「うん、これからずっと下になるのだからね」

矢十郎は言いながら手を引き、彼女を股間に跨がせた。すると朱実も唾液に濡れた先端を陰戸に押し当て、息を詰めて腰を沈めてきた。

たちまち、屹立《きつりつ》した肉棒がヌルヌルッと根元まで潜り込み、朱実はぺたりと座り込んで股間を密着させた。

「アア……、熱いです……」

朱実が顔をのけぞらせて喘ぎ、キュッキュッときつく締め付けてきた。

矢十郎も、肉襞の摩擦と締まりの良さ、熱いほどの温もりに包まれて絶頂を迫らせていった。

まだ動かずに彼女を抱き寄せ、顔を上げて左右の乳首を吸った。甘ったるい汗の匂いが可愛らしく、コリコリと硬くなった乳首を舌で転がすと、膣内の潤いと収縮が活発になった。

さらに腋の下にも顔を埋め、和毛《にこげ》に籠《こ》もった濃厚な体臭を嗅いでから、首筋を舐め上げ、唇を求めていった。

「ンンッ……！」

朱実は可愛らしく甘酸っぱい匂いの息を弾ませ、潜り込んだ舌にチュッと吸い付いて鼻を鳴らした。

矢十郎は彼女の肩に腕を回し、抱き締めるというより押さえつけながらズンズンと次第に強く股間を突き上げはじめた。

「ああッ……、き、気持ちいい……」

朱実が口を離して喘いだ。どうやら挿入の痛みを克服するどころか、すっかり快楽にも目覚めてしまったようだ。初夜で思わず気持ちいいなどと口走らないか、矢十郎は心配になってしまった。

やがて絶頂を迫らせた矢十郎は、美少女の喘ぐ口に鼻を押しつけ、胸の奥が溶けてしまいそうに可愛らしい果実臭を嗅ぎながら突き上げ続け、そのまま昇り詰めてしまった。

「く……！」

大きな快感に貫かれながら呻《うめ》き、熱い大量の精汁を勢いよく柔肉の奥にほとばしらせると、

「アア……、熱いわ……」

噴出を感じ取った朱実も口走り、ガクガクと激しく身を震わせた。

まだ不完全ではあろうが、本格的に気を遣《や》るのも間もなくと思われた。とにかく彼は収縮する膣内に心置きなく出し尽くし、すっかり満足して力を抜いていった。

二

「朱実の祝言が決まりました。次の吉日に結納《ゆいのう》を」

町でばったり会った志摩が、矢十郎に言った。どうやら、菓子屋の次男坊との婚儀が本決まりになったようだ。

「そうですか。それはおめでとうございます」

「ええ、有難うございます。婿を取るのだから、朱実と別れるわけじゃないのに、何か落ち着きません」

志摩は言い、その話とは別に、また彼に淫気を抱いていそうなそぶりで、たまに熱っぽい眼差《まなざ》しを向けてきた。

もちろん矢十郎も、熟《う》れた新造《しんぞ》に欲情した。

「実は、私も決まるかも知れないのです」

「まあ、そうなのですか……」

矢十郎の言葉に、志摩が目を丸くした。

「響様のお嫁さんなら、きっと綺麗なお武家のお嬢様なのでしょうね」

「はあ……、婚儀の前に、またいろいろと教えて頂けないでしょうか……」

彼の方から誘うと、すぐにも志摩は顔を輝かせ、足早に待合へと向かった。

そして二人が入った店は、昨日矢十郎が朱実と入ったところで、しかも案内された部屋も同じだった。

矢十郎は背徳感に激しく勃起し、気が急《せ》く思いで脱ぎはじめた。

志摩も、湧き上がる淫気に言葉少なになり、手早く帯を解いて着物を脱ぎ去っていった。

やがて先に全裸になった矢十郎は横になり、朱実と同じことをさせたいと思った。

「あの、お願いがあります」

「ええ、何でも言って下さいませ。試してみたいことがおありなのですね」

一糸まとわぬ姿になった志摩が言ってくれ、添い寝しようとするのを彼は押しとどめた。

「どうか、まだ立ったままで」

「まあ……、恥ずかしいです……」

言うと、志摩は手で胸と股間を隠し、モジモジしながら答えた。

「では、足を私の顔に乗せて下さい」

「え……、お顔を踏めと……？」

「妻になる方には言えないので、どうか願いを叶えて欲しいのです」

矢十郎は、激しく勃起させながら言った。

当然、淳なら造作《ぞうさ》もなくやってくれるが、ここはやはり町人の新造にされることに意味があり興奮が湧くのだ。

「そんな……、無礼打ちにされるようなこと……」

「おかしな願いと思うでしょうが、綺麗な女の人に踏まれてみたいものですから。頑《がん》丈《じょう》に出来ていますので、どうか」

「本当に、良いのかしら……」

志摩は声を震わせながらも、恐る恐る彼の顔に近づいてきた。

ためらいはあるが、それ以上に好奇心も湧くのだろう。それに町人として、少なからず武士への反発や恨みの数々もあるだろうし、そんな様々な思いも交錯しているようだった。

「さあ、どうぞ……」

言うと志摩も決心し、壁に手を突きながらそろそろと片方の足を浮かせ、そっと彼の顔に乗せてきた。

「ああッ……、こんなこと、生まれて初めて……」

志摩は喘ぎながら言い、矢十郎も足首を摑んでギュッと押しつけさせた。

何と甘美な快感であろう。同じ武家や、朱実のような無垢な少女にさせるのとは違う。分別もある熟れた新造にさせるのは、また格別だった。

矢十郎は生温かな足裏の感触を味わい、踵《かかと》から土踏まずに舌を這わせ、縮こまった指の股に鼻を割り込ませた。

そこは汗と脂にジットリ湿り、蒸れた芳香が濃く籠もっていた。

彼は足裏を舐め回し、充分に匂いを嗅いでから爪先にしゃぶりついた。

「アア……、何をなさいます……」

志摩が声を上ずらせ、それでもされるままじっとしていた。

矢十郎は全ての指を吸い、間にヌルッと舌を割り込ませて味わった。

そして足を交替させ、そちらも新鮮な味と匂いを貪り、さらに顔に跨がらせた。

「い、いけません……、娘の恩人にこんなこと、罰が当たります……、アア……」

志摩は手を引っ張られ、強引にしゃがみ込まされながら激しく動揺した。

それでも完全にしゃがみ込んでしまい、矢十郎の鼻先に熟れた果肉の覗く割れ目が迫った。

白い脹《ふく》ら脛《はぎ》と太腿がムッチリと張りつめて量感を増し、陰唇の間から息づく膣口が覗いて、白っぽい粘液がまつわりついているのが見えた。

矢十郎は熱気と湿り気を顔中に受けながら、腰を抱えて引き寄せ、黒々とした茂みに鼻を埋め込んだ。

隅々には、やはり甘ったるい汗の匂いと残尿臭の刺激が濃厚に籠もり、彼は何度も貪るように嗅ぎながら舌を這わせていった。

朱実を産み落とした膣口を舐め、入り組む襞を掻き回すと淡い酸味のヌメリが舌を伝って流れ込んできた。そのままツンと突き立ったオサネまで舐め上げると、熟れ肌がビクリと震えた。

「ああッ……！」

志摩が熱く喘ぎ、思わずギュッと彼の顔に座り込んできた。

矢十郎は美女の体臭に噎《む》せ返りながら滴《したた》る蜜汁をすすり、執拗にオサネを舐め回した。淫水は泉のように湧いては彼の口に注がれ、次第に志摩も我を忘れて高まってきたようだ。

もちろん彼は白く豊満な尻の真下にも潜り込み、顔中に双丘を密着させながら谷間に鼻を押しつけた。薄桃色の蕾には、今日も秘めやかな微香が馥郁《ふくいく》と籠もり、矢十郎は美女の恥ずかしい匂いを嗅ぎながら舌先でくすぐるように舐め回し、ヌルッと潜り込ませた。

「あう！」

志摩が息を詰めて呻き、彼の舌先をキュッと肛門で締め付けてきた。

仰向けになって舐められるときは大層感じていたようだが、顔を跨いで前も後ろも舐められるのは、快感以上に、武家を跨いでいる動揺も加わり、以前のとき以上に淫水が溢れていた。

矢十郎は粘膜を味わい、充分に舌を蠢かせてから、もう一度陰戸を舐め、新たに溢れたヌメリをすすった。

「も、もう堪忍……」

果てそうになった志摩が声を絞り出し、懸命に彼の顔から股間を引き離して傍らへと移動した。そして仕返しするように一物に屈み込み、貪るようにスッポリと根元まで呑み込んできた。

「ああ……」

矢十郎も素直に受け身になり、温かな口の中で幹を震わせて喘いだ。

志摩は喉の奥まで含み、上気した頰をすぼめて吸い付いた。熱い鼻息が恥毛をくすぐり、内部ではクチュクチュと執拗に舌がからみついた。

肉棒は美女の唾液に生温かくまみれ、すっかり高まった。

志摩はスポンと口を離し、ふぐりにもしゃぶりついて睾丸を転がしてから、力尽きたように添い寝してきた。

どうやら下になりたいようだ。

入れ替わりに矢十郎が身を起こし、股間を割り込ませ、先端を陰戸に擦りつけた。位置を定め、ゆっくり潜り込ませ、肉襞の摩擦と温もりを味わいながら根元まで貫いていった。

「アアーッ……！　いいわ……、響様……」

志摩はすぐにも果てそうな勢いで締め付け、喘ぎながら彼の身体を下から抱き寄せてきた。矢十郎は股間を密着させ、温もりと感触を味わい、まだ動かず乳房に顔を埋め込んだ。

色づいた乳首を舌で転がし、柔らかな膨らみに顔を押しつけた。そして両の乳首を交互に愛撫してから腋の下に鼻を埋め、腋毛に籠もった甘ったるい汗の匂いを嗅ぐと徐々に我慢できなくなって腰を突き動かしはじめた。

「ああ……、もっと深く……、強く突いて下さいませ……」

志摩が熱く甘い息でせがみ、彼の背に両手を回し、ズンズンと股間を突き上げてきた。矢十郎も胸で乳房を押しつぶし、次第に強く股間をぶつけるように律動していった。

白い首筋を舐め上げ、かぐわしい口に鼻を押しつけると、光沢ある鉄漿《おはぐろ》の間から洩れる白粉《おしろい》臭の息と、ほのかに甘酸っぱい唾液の匂いが鼻腔を刺激し、矢十郎も絶頂を迫らせた。

「い、いく……、アアッ……！」

とうとう昇り詰め、彼は突き上がる快感に口走りながら勢いよく射精した。

「か、感じる……！　ああーッ……！」

熱い噴出を受け止めると、志摩も同時に気を遣り、声を上ずらせながらガクンガクンと全身を痙攣させた。

矢十郎はキュッキュッと締まる膣内に心置きなく最後の一滴まで注ぎ込み、満足しながらもたれかかっていった。

「アア……」

志摩も満足げに声を洩らしながら、熟れ肌の硬直を解き、グッタリと力を抜いていった。矢十郎は重なりながら膣内の収縮にヒクヒクと反応し、甘い息を嗅ぎながらうっとりと快感の余韻を噛み締めたのだった。

三

「やあ、戻っていましたか」

矢十郎が玄庵の家を訪ねると、そこに菜美がいたので声を弾ませた。

「まあ、お目にかかれて良かった。どうしても、いろいろお話ししなければならないことがございますので」

菜美も笑顔で答え、彼を離れへ招き入れてくれた。玄庵は、今日も藩邸の方に行っているようだ。

向かい合わせに座ると、矢十郎は何やらずいぶん久々に会った気がし、感慨を込めて菜美の顔を見つめた。慕情は募るが、一緒になれぬことが分かっているので、あとは絶大な淫気への未練だけだった。

「実は、明日にもここを引き払い、三崎町の長屋へ移ります」

「では、大森さんと一緒になるのですね」

「お聞きでしたか……。はい。まさか、このようなことになるとは夢にも思いませんでしたが、あの人にはもう私しかいません。幸い、病も軽かったので、間もなく養生所で働くことになりました。玄庵先生には、大層お世話になりました」

「私も、夢にも思いませんでした。とにかく、菜美さんが後悔なさらないのなら、それでよろしいかと思います」

「響様にも大変お世話になりましたが、このようなことになりましたので」

「いえ、今までの分を取り返して、どうか幸せになって下さい」

「有難うございます」

菜美が頭を下げて言い、矢十郎は言いようのない淫気を覚えた。

「実は私も、婿に入る話が間もなくまとまります」

「まあ、淳様と?」

矢十郎が言うと、菜美はぱっと顔を輝かせて言った。

勝手に自分だけ幸せになるような後ろめたさがあったようだが、それが解消された思いなのだろう。

「なぜ淳様だとお分かりです?」

「初めてお目にかかったときから、そうなるような気がしておりました」

「そうですか……」

「どうか、お幸せに」

「ええ、何やら江戸へ来てから、めまぐるしいことばかりです」

「私も」

菜美は言い、二人で笑みを交わした。

「ときに、大森さんは、あちらの方は大丈夫なのですか。その、情交の方は」

「まあ、そのようなことが気になるのですか」

矢十郎が言うと、菜美は姉のように優しく睨《にら》んで言った。このような表情も、実に懐かしく感じられた。

「ええ、とても気になります」

「しばらくは無理でしょうね。しっかりと癒《い》えるまでは」

「そうでしょうね。でもお辛いのでは？　すでに大きな快楽もご存じなのだから」

「男と女が暮らすとは、そればかりではありません」

「確かに……、でも、互いにまだ祝言前なのですから、今一度、前のようにしたいのですが」

矢十郎は勃起しながら、懇願するように言った。

「もう無理です。お諦めになって下さいませ」

「そこを何とか、どうかお願い致します！」

矢十郎は、もう恥も外聞もなく両手を突いてしまった。

「まあ、武士がそのようなことで頭を下げるなど……」

菜美は呆《あき》れたように言ったが、やがて小さく嘆息した。

「私も、もう武士がどうのと言える立場ではありませんね。夫の敵と一緒になろうとしているのですから……」

「では、構いませんか」

矢十郎が食い下がるように言うと、また彼女は小さく溜息をついた。

「矢十郎さんには、山賊から救ってもらった恩義がございます。あなたが一緒に江戸に来て下さらなければ、今の私はないでしょう」

菜美は言って立ち上がり、帯を解きはじめてくれた。

矢十郎は歓喜に顔を輝かせ、自分も立ち上がって手早く勝手に床を敷き延べ、急いで脱ぎはじめた。

そして先に全裸になると、菜美の匂いの染みついた布団に横たわり、見る見る白い肌を露《あら》わにしてゆく美女を見上げ、期待と興奮に激しく胸を弾ませた。

やがて一糸まとわぬ姿になると、菜美も添い寝してきてくれた。

矢十郎は嬉々として縋《すが》り付き、また甘えるように腕枕してもらいながら白く豊かな乳房に顔を寄せた。

「まあ、大きな赤ちゃんのよう……」

菜美も、もうためらいなく彼の顔を胸に抱いて囁《ささや》いた。

「もしお子が産まれたら、菜美さんのお乳を飲ませて下さい。少しでも良いから」

「この上、まだ大きくなりたいのですか？　あん……」

チュッと乳首に吸い付くと、菜美がビクリと肌を震わせて声を洩らした。

舌先で弾くように舐め、柔らかな膨らみに顔中を押しつけると、心地よい感触とともに、懐かしい甘ったるい体臭が鼻腔を刺激してきた。

膨らみの奥からは、ドクドクと熱く忙《せわ》しげな鼓動が伝わってきた。単に快楽を求める以上に、相手の決まった今は背徳の思いも加わっているのだろう。

矢十郎は次第に彼女を仰向けにさせてのしかかり、左右の乳首を交互に吸い、舌で転がした。

さらに腋《わき》の下にも顔を埋め込み、腋毛に鼻をこすりつけ、甘ったるい濃厚な汗の匂いで胸を満たした。

充分に嗅いでから、そのまま脇腹を舐め下り、真ん中に戻って臍《へそ》を舐め、張り詰めた下腹に顔を押しつけると、心地よい弾力が返ってきた。

そして腰からムッチリとした太腿に舌を這わせ、滑らかな脚を舐め下りていった。足裏を舐め回し、指の間に鼻を押しつけると、今日も朝から引っ越しの準備で動き回っていたせいか、汗と脂の湿り気と蒸れた芳香がいつになく濃く、何やら彼は旅の途中で嗅いだ匂いを思い出した。

爪先にしゃぶり付き、順々に指の股にヌルッと舌を割り込ませていくと、

「アアッ……！」

菜美が熱く喘ぎ、ビクリと白い肌を波打たせて反応した。

久吾は、ここまで舐めないだろう。矢十郎は、彼女が所帯を持ってからも自分を求

めてくるよう、熱を込めて愛撫をした。

桜色の爪を噛み、全ての指の間を舐め尽くしてから、彼はもう片方の足も貪り、味と匂いが消え去るまで賞味した。

そして脚の内側を舐め上げ、腹這いになって顔を股間に進めていった。

両膝の間に割り込み、透けるように白く清らかな内腿を舐め上げ、陰戸に迫ると、悩ましい匂いを含んだ熱気と湿り気が顔中を包み込んできた。

割れ目からはみ出した陰唇は興奮に色づき、間からはネットリとした蜜汁が溢れはじめていた。

堪《たま》らず顔を埋め込み、柔らかな恥毛に鼻をこすりつけた。

甘ったるい汗の匂いが大部分で、下の方へ行くにつれ、ゆばりの匂いも艶めかしく混じっていた。

陰唇の内側を舐めると、淡い酸味のヌメリが満ち、彼は舌先でクチュクチュと膣口の襞を掻き回し、オサネまで舐め上げていった。

「あうう……、いい……」

菜美も夢中になって喘ぎ、内腿でキュッと彼の両頬を挟み付けて悶えた。

矢十郎は腰を抱え、執拗にオサネを舐めては目を上げ、ヒクヒクと波打つ下腹の向こう、二つの乳房の間でのけぞる表情を窺った。

さらに腰を浮かせ、白く丸い尻の谷間にも顔を押しつけ、谷間の蕾に鼻を埋め込んでいった。

顔中に双丘が密着し、蕾に籠もる秘めやかな微香が胸に沁み込んできた。

矢十郎は美女の匂いを貪りながら舌を這わせ、細かに震える襞を濡らし、中にも潜り込ませてヌルッとした粘膜も味わった。

「アア……、駄目……」

菜美が顔をのけぞらせて喘ぎ、モグモグと味わうように肛門を収縮させ、舌先を締め付けてきた。

彼は充分に舌を出し入れさせてから、再び陰戸に戻って新たな淫水をすすり、彼女が充分に高まったのを知ると股間から離れて添い寝していった。

菜美の身体を押し上げると、彼女も素直に上になり、彼の乳首に吸い付いてきた。

「嚙んで……、強く……」

「淳様に申し訳ないです……」

せがむと、菜美は小さく言いながらも舌を這わせ、そっと歯を立ててくれた。

「ああ……、どうかもっと強く……」

熱い息に肌をくすぐられ、甘美な痛み混じりの快感に矢十郎が喘ぎながら言うと、菜美も多少力を込め、両方の乳首を交互に愛撫してくれた。

そして彼女はさらに、脇腹や下腹も舌と歯で刺激し、やがて矢十郎を大股開きにして真ん中に陣取り、熱い息を股間に籠もらせてきた。

四

「アアッ……、き、気持ちいい……」

先端を舐められ、矢十郎は快感に喘いだ。

菜美は鈴口を念入りに舐め回して滲む粘液をすすり、スッポリと亀頭を含み、そのまま喉の奥まで呑み込んできた。

一物は美女の唾液に生温かく浸り、ヒクヒクと震えた。

彼女は上気した頰をすぼめて吸い付き、濡れた口で摩擦《まさつ》しながらスポンと引き抜いた。すると今度はふぐりをしゃぶり、二つの睾丸を舌で転がし、さらに脚を浮かせて尻の谷間も舐めてくれた。

「く……」

ヌルッと舌先が潜り込むと、矢十郎は申し訳ない快感に呻き、キュッと肛門で菜美の舌を締め付けた。

菜美は厭わず内部でクチュクチュと舌を蠢かせてから引き抜き、もう一度ふぐりの縫い目をたどり、幹の裏側を舐め上げて肉棒を呑み込んでくれた。

「も、もう……」

矢十郎が降参するように言うと、菜美も口を離した。

彼が手を引くと、菜美も素直に上になり、唾液に濡れた一物に跨がってきた。

幹に指を添え、先端を陰戸に押し当て、位置を定めて腰を沈み込ませた。たちまち屹立した肉棒が、ヌルヌルッと心地よい柔襞の摩擦を受けながら根元まで呑み込まれていった。

「アアッ……！」

菜美が完全に座り込み、股間を密着させながら喘いだ。

顔をのけぞらせたまま、しばしモグモグと味見するように膣内を収縮させ、豊かな乳房を弾ませて悶えた。

彼は乳房に手を這わせ、そのまま抱き寄せると彼女も身を重ねてきた。

矢十郎は抱き留め、両膝を立てて太腿で尻の感触を味わい、美しい顔を間近に見上げた。

形良い唇の間からは、白く滑らかな歯並びが覗いた。これも間もなく鉄漿《おはぐろ》が塗られるのだろう。洩れる息は熱く湿り気があり、上品に甘酸っぱい芳香を含み、その刺激が彼の鼻腔をくすぐってきた。

矢十郎は顔を引き寄せ、唇を重ね舌をからめた。そしてズンズンと次第に股間を突き上げはじめると、

「ンンッ……！」

菜美は彼の舌にチュッと強く吸い付いて呻き、突き上げに合わせるように腰を使いはじめた。大量に洩れる淫水がヌラヌラと律動を滑らかにさせ、淫らに湿った音を響かせながら彼のふぐりから内腿まで濡らした。

「唾を、もっと……」

高まりながら彼がせがむと、菜美も懸命に唾液を分泌させ、トロリと注ぎ込んでくれた。矢十郎は生温かく小泡の多い粘液を味わい、うっとりと飲み込んで心地よく喉を潤した。

さらに顔中を美女の口に擦りつけると、菜美も舌を這わせ、ヌラヌラと舐め回してくれた。矢十郎は顔中美女の唾液でヌルヌルにまみれ、甘酸っぱい芳香の中で激しく

高まった。

「い、いく……、アアーッ……！」

　すると、先に菜美の方が声を上ずらせ、ガクンガクンと狂おしい痙攣を開始した。

　膣内の収縮も最高潮になり、続いて矢十郎も、大きな絶頂の波に呑み込まれていった。

「く……！」

　突き上がる快感に呻きながら、彼は熱い大量の精汁をドクンドクンと勢いよくほとばしらせ、膣内の奥深い部分を直撃した。

「あう……！　いい……」

　噴出を感じ取り、駄目押しの快感の中で菜美が呻き、さらにキュッキュッときつく締め付けてきた。矢十郎は心置きなく最後の一滴まで出し尽くし、すっかり満足して徐々に動きを弱めていった。

（これが最後になるかも知れない……）

　そう思うと寂しさが湧き上がるが、あるいはまた機会が巡ってくるかも知れない、とも思った。

　どちらにしろ贅沢《ぜいたく》なことだ。矢十郎の兄たちは、何もない国許で、妻を唯一の女として一生を送るのである。

それに比べたら、自分は何人もの女を知ったのだ。

「ああ……、良かった……」

菜美も満足げに声を洩らし、溜息混じりに呟《つぶや》きながらグッタリと彼にもたれかかってきた。

まだ柔肌が思い出したようにビクッと跳ね上がり、膣内の収縮も続いていた。

刺激された一物がぴくんと過敏に反応し、天井を擦られるたびに菜美が息を詰め、さらにきつくキュッと締め付けてきた。

矢十郎は彼女の重みと温もりを受け、湿り気ある甘酸っぱい息を嗅ぎながら、うっとりと余韻を噛み締めた。

「ねえ、またこのように出来るでしょうか……」

矢十郎は、激情が覚めてくると慕情が募り、言わずにはいられなかった。

「無理です。どうか、今日でおしまいに……」

「でも、もしあの人で物足りなかったら、せめて快楽の道具として私を使って欲しいのです……」

「駄目です」

にべもなく答える割には、陰戸が離さぬように彼自身を締め付け続けているのだ。

「好きなのです、菜美さんが……」

「嘘。淳様がお可哀想《かわいそう》でしょう」

菜美は言うものの、自分にも決まった相手がいるのだし、今は矢十郎とつながっているのである。

彼は、本当にこれで最後かも知れないと思うと、慕情とともに、また淫気が湧き上がってきてしまった。何しろ、ここで離れてしまったら、二度と一つにはなれないのである。

矢十郎は、せめてもう一度快楽を得たいと思い、彼女の中で急激に回復し、再びズンズンと小刻みに股間を突き上げはじめた。

「あう……、も、もう充分でしょう……、どうか、堪忍……」

菜美は必死に身を硬くし、哀願するように言った。

彼は下からシッカリしがみつきながら、ごろりと身を反転させた。

そして本手（正常位）になり、菜美を組み敷くようにのしかかりながら、肩に腕を回して押さえつけ、次第に強く律動した。

「アア……、も、もう止《や》めて……、離れて……」

菜美が懸命に彼を突き放そうともがくが、動いているうち肉体が反応し、また新たな蜜汁が溢れはじめたようだ。

矢十郎も、何やら美女を無理矢理犯している感覚になり、股間をぶつけるように突き動かし、胸で乳房を押しつぶした。そして喘ぐ息を嗅ぎながら肉襞の摩擦を味わううち、急激に絶頂が襲ってきた。

「い、いく……！」

彼は二度目の絶頂を迎えて口走り、まだこれほど余っていたかと思える量の精汁を勢いよく噴出させた。

「ああーッ……！」

菜美も彼の射精を感じ取ると同時に、半ば強制的に気を遣ってしまった。また膣内の収縮が高まり、精汁を絞り尽くすように締まった。矢十郎は心ゆくまで快感を嚙み締め、全て出し尽くした。

なおも萎《な》えるまで律動を続け、いつしか菜美もあまりの絶頂の連続にグッタリと放心してしまった。

ようやく矢十郎は満足し、動きを止めて体重を預けたが、すでに余韻を味わうよりも、言いようのない寂しさに包まれてしまった。

「ごめんなさい、菜美さん……」

矢十郎は囁いて力を抜き、菜美もただ四肢を投げ出し、熱く荒い呼吸を繰り返すばかりだった。

五

「やあ、菜美さんは引っ越していったよ。あんたも間もなく祝言だな」

玄庵が言った。

翌日の昼過ぎ、矢十郎が玄庵の家に寄ると、もう菜美はいなかった。

「まあ、落ち着いたらまた三崎町の長屋から、ここへ手伝いに来てくれるだろう。大森久吾も酒を止めたから、めきめき良くなっている。すでに養生所で手伝いをはじめたようだ」

「そうですか」

「ときに、どうだ。二つの祝言を、道場を借りていっぺんにしてしまわないか。わしもそれぞれの仲人《なこうど》だからな」

「え……、そんな……」

「あはは、女たちさえ良ければ、それが一番世話ない。祝言は、女のためにあるのだからな」

玄庵は、本気とも冗談ともつかず言い、やがて往診に行くと言うので矢十郎も一緒に出た。途中で別れ、彼は一人で淳の家を訪ねた。

「あ、失礼……」

訪うと、出てきたのが妙齢の美女だったので、矢十郎は思わず言った。

「矢十郎様、お待ちしておりました」

「え？　まさか、淳様……？」

言われると、声で矢十郎もそれが淳だと分かった。

何しろ今日の淳は男装ではなく、黒髪を島田に結い、女らしい着物に薄化粧までしているではないか。背丈は変わりようもないが、矢十郎の方が大きいので実に釣り合いも良い。

「驚きました。どうしたのです、二本差しは」

「祝言までは、女のなりで。とにかくお上がりを」

淳が言い、矢十郎も上がり込んだ。口ぶりでは、別に刀を捨てたわけではなく、しばらくは花嫁修業のような心づもりなのだろう。

「まずは、矢十郎様にお詫び申し上げます」

向かい合わせに座ると、淳が頭を下げた。

「何を謝るのです」

「勝手に、皆川藩のご家老に婚儀の申し立てをしたことです。どうにも、お断わりされるのが怖かったものですから」

「いえ、あれがなければ私はいつまでも身持ちが定まりませんので、最初は驚きましたが、今は感謝しており、謹《つつし》んでお受けしたいと思います」

「良かった……」

淳がにっこりと笑い、その美しさに矢十郎は激しく欲情した。何しろ、眉《まゆ》が吊るほど髪をひっつめた、男装の彼女しか見てこなかったから、まるで別の美女と会っているような気分なのである。

「やがて国許から返事が届きますので、そうしたらあらためてお話に伺います」

「はい、よろしくお願い致します」

「それより、床を敷き延べて構いませんか」

矢十郎は、痛いほど勃起しながら言った。

「まあ！　これから共に暮らし、いくらでも出来ますのに」

淳は呆れたように言いながらも、やはり同じく熱い淫気を湧き起こしたように頬を染めた。

矢十郎は立ち上がり、手早く勝手に布団を敷いてしまった。そして袴を脱ぎはじめると、淳も帯を解きはじめてくれた。

先に彼は全裸になり、すっかり馴染んだ淳の体臭の染みついた布団に横たわった。

やはり、これから死ぬまで一緒に暮らすことになっても、淫気をあとに取っておくつもりはない。今このときの快楽が欲しいのだった。

もちろん淳も、口では彼をたしなめるようなことを言うが、むしろ矢十郎以上に淫気は激しいのである。

やがて淳も一糸まとわぬ姿になって、彼に近づいた。

「跨いで……」

矢十郎は、勃起した肉棒を震わせながら言った。

「駄目です、旦那様になる方を跨ぐなど」

「まだ正式ではないのだから、今のうちにして欲しいです」

矢十郎がせがむと、淳も淫気に突き動かされ、そろそろと彼の顔に跨がり、厠のようにしゃがみ込んでくれた。

肉体は相変わらず引き締まっているが、島田の髪が実に艶めかしく、矢十郎は別の女に跨がられたような気分で、鼻先に迫る陰戸を見上げた。

興奮で淡紅色に染まった陰唇が震え、間から覗く柔肉はすでにヌメヌメとした大量の蜜汁に潤っていた。

腰を抱き寄せ、柔らかな茂みに鼻を埋め込んで嗅ぐと、今日も甘ったるい濃厚な汗の匂いが生温かく隅々に籠もり、下の方へ行くにつれ、ゆばりの刺激成分が鼻腔を掻き回してきた。

矢十郎は、すでに許嫁となった美女の体臭を貪りながら舌を這わせていった。

陰唇の内側を舐め、息づく膣口の襞を舐め回し、ツンと突き立った大きめのオサネまで舐め上げていった。

「アアッ……、いい気持ち……」

淳はうっとりと喘ぎ、思わずギュッと彼の口に陰戸を押しつけてきた。

矢十郎は淡い酸味の蜜汁をすすり、オサネを舐め回した。もちろん尻の真下にも潜り込み、谷間の蕾に鼻を埋め込んでいった。秘めやかな微香が馥郁と籠もり、彼は美女の恥ずかしい匂いを貪り、蕾に舌を這わせた。

細かに震える襞を濡らし、ヌルッと潜り込ませると、キュッと肛門が舌先を締め付けてきた。

矢十郎は執拗に舌を蠢かせ、充分に味わった。

すると淳が身を反転させ、女上位の二つ巴《どもえ》の体勢になって屈み込んできたのだ。

陰戸と尻の向きが逆になり、矢十郎が下から再び陰戸に口を付けると、淳の口も強ばりを捉えてきた。

「ク……！」

彼は亀頭をしゃぶられて呻き、競い合うようにオサネを舐めた。

淳は熱い鼻息でふぐりをくすぐりながら、喉の奥まで深々と呑み込み、チューッと強く吸い付いた。

そして矢十郎がオサネを吸うと、淳も反射的に吸引を強めた。

互いに最も感じる部分を舐め合い、二人ともすっかり高まると、同時に口を引き離した。

「どうか上から」

矢十郎が言うと、淳も悪びれずに向き直り、唾液に濡れた一物に跨がってくれた。

先端を陰戸に受け入れ、味わうように息を詰めてゆっくり腰を沈めると、一物は滑らかに根元まで呑み込まれていった。

淳が顔をのけぞらせて喘ぎ、完全に座り込みながら股間を擦りつけた。

矢十郎も肉襞の摩擦と締め付けに酔いしれ、彼女を抱き寄せて乳首に吸い付いていった。

色づいた乳首はコリコリと硬くなり、それを舌で弾き、弾力ある膨らみに顔中を押しつけた。そして徐々に股間を突き上げながら、もう片方の乳首も含み、充分に味わった。

「アアッ……！」

淳も腰を使いながら喘ぎ、甘ったるい体臭を揺らめかせた。

矢十郎も次第に突き上げを激しくさせながら、彼女の腋の下にも顔を埋め込み、腋毛に鼻をこすりつけて甘ったるい汗の匂いに噎せ返った。

「ああ……、もっと突いて……」

充分に匂いを堪能すると、さらに首筋を舐め上げ、淳の唇を求めた。

今日の淳はうっすらと白粉をまぶし、光沢のある紅を塗っていた。元々が整った美形だから、いっそう艶やかさが映え、この顔だけ見たら、とても武芸に秀でた女丈夫とは誰も思わないだろう。

唇を重ねると、白粉と紅の香りも混じり、彼女本来の花粉に似た口の匂いも馥郁と漂った。

矢十郎は美女の悩ましい息を嗅ぎながら舌をからめ、生温かな唾液のヌメリを貪った。さらに唾液も垂らしてもらい、小泡の多い粘液でうっとりと喉を潤し、じわじわと高まっていった。

「い、いきそう……」

淳が口を離して身を強ばらせ、ヒクヒクと肌を波打たせながら口走った。

「ね、目を見つめ合っていきたい……」

彼女が言うので、矢十郎も近々と黒い瞳を見上げ、再び舌をからめながら股間を突き上げた。

「ンンッ……！」

たちまち彼女が、矢十郎の舌に吸い付きながら熱く呻き、そのままガクンガクンと狂おしい痙攣をして気を遣ってしまった。

「ああ……！」

続いて矢十郎も、大きな快感の渦に巻き込まれてしまい、ありったけの熱い精汁を勢いよくほとばしらせた。

「アア……、熱いわ、もっと出して……！」

噴出を受け止めると淳が口走り、矢十郎も溶けてしまいそうな快感を味わいながら最後の一滴まで出し尽くした。

淳は何度も押し寄せる快感の波を受け止め、そのたびにビクッと硬直し、一物を締め付けてきた。矢十郎は駄目押しの快感の中、徐々に力を抜き、淳の甘い息を嗅ぎながら快感の余韻を味わった。

「ああ……、なんて気持ちいい……」

淳は嘆息しながら言い、ようやく全身の強ばりを解き、グッタリと彼に体重を預けてもたれかかってきた。

矢十郎は、まだ収縮する膣内でヒクヒクと幹を震わせ、今つながっているこの女と一生暮らすのだなという感慨に耽《ふけ》った。

菜美も間もなく人の妻になり、朱実も婿を迎える。みな、そのような季節なのだろう。志摩はまた機会があれば抱けるだろうが、やはり最も気になるのは菜美のことであった。

矢十郎は、妻になる女と一つになっているのに、別の女のことを考えることに後ろめたさと、甘美な興奮を覚えたのだった。

「何を考えているの……」

「淳様との、これからのこと……」

淳が言うので、矢十郎も呼吸を整えながら答えた。

「嘘！　菜美さんのことでしょう！」

つながっているから勘も良くなっているのか、淳は日頃のように男勝りの声で強く言った。同時に膣内がキュッと締まり、矢十郎はもう一回やって、淳を宥《なだ》めようと思うのだった。

一〇〇字書評

熟れはだ開帳

切り取り線

購買動機（新聞、雑誌名を記入するか、あるいは○をつけてください）

□（　　　　　　　　　　）の広告を見て	
□（　　　　　　　　　　）の書評を見て	
□ 知人のすすめで	□ タイトルに惹かれて
□ カバーが良かったから	□ 内容が面白そうだから
□ 好きな作家だから	□ 好きな分野の本だから

・最近、最も感銘を受けた作品名をお書き下さい

・あなたのお好きな作家名をお書き下さい

・その他、ご要望がありましたらお書き下さい

住所	〒				
氏名		職業		年齢	
Eメール	※携帯には配信できません		新刊情報等のメール配信を 希望する・しない		

この本の感想を、編集部までお寄せいただけたらありがたく存じます。今後の企画の参考にさせていただきます。Eメールでも結構です。

いただいた「一〇〇字書評」は、新聞・雑誌等に紹介させていただくことがあります。その場合はお礼として特製図書カードを差し上げます。

前ページの原稿用紙に書評をお書きの上、切り取り、左記までお送り下さい。宛先の住所は不要です。

なお、ご記入いただいたお名前、ご住所等は、書評紹介の事前了解、謝礼のお届けのためだけに利用し、そのほかの目的のために利用することはありません。

〒一〇一‐八七〇一
祥伝社文庫編集長　坂口芳和
電話　〇三（三二六五）二〇八〇

祥伝社ホームページの「ブックレビュー」からも、書き込めます。

http://www.shodensha.co.jp/bookreview/

祥伝社文庫

熟《う》れはだ開帳《かいちよう》

平成24年3月20日　初版第1刷発行

著　者　睦月影郎《むつきかげろう》

発行者　竹内和芳

発行所　祥伝社《しようでんしや》

東京都千代田区神田神保町3-3

〒101-8701

電話　03（3265）2081（販売部）

電話　03（3265）2080（編集部）

電話　03（3265）3622（業務部）

http://www.shodensha.co.jp/

印刷所　萩原印刷

製本所　積信堂

カバーフォーマットデザイン　中原達治

ISBN978-4-396-33747-6 C0193

祥伝社文庫　今月の新刊